Petits cubes

Livre 1 - 1260 jours avant

Partie I - Petites couleurs

Chapitre 1 - Les deux consciences

Les petits cubes tombèrent du ciel un mois de janvier. Une nouvelle année commençait et de nouvelles choses se préparaient. Mais personne n'avait prévu l'arrivée de ces étranges petits objets dans leurs bonnes résolutions si vites oubliées.

Des petits cubes d'environ quatre centimètres, noirs, très noirs, plutôt légers et suffisamment petits pour se glisser dans une poche.

Dans les zones rurales, leur arrivée fut plutôt discrète. La densité de population étant faible, ils tombèrent de ci et là, sur l'herbe ou dans les champs. Dans les zones urbaines en revanche, là où la foule se concentre, le son qu'ils firent en tombant tous simultanément sur le goudron reste encore dans les mémoires. A New-York ce fut plus de huit millions de petits cubes qui résonnèrent à l'unisson en ricochant sur les trottoirs et les routes, causant stupéfaction et panique. Attentat terroriste, expérience gouvernementale secrète ayant dégénéré ou subtile invasion extra-terrestre, toutes les théories alimentaient toutes les langues.

Immédiatement, tous les protocoles d'alerte et de sécurité furent déclenchés, mobilisant police, armée, agences de renseignements et scientifiques. Mais ils furent tous face à un grand dilemme. Au bout de plusieurs jours d'essais, aucun être humain ni machine n'avait réussi à en déterminer ni la provenance, ni l'objectif et encore moins la matière de ces petits cubes. Aucune des armées les plus puissantes et les plus craintes de ce cette planète n'avait réussi, si ce n'est, qu'à en ébrécher un seul. Même l'arme nucléaire utilisée par les russes n'en vint à bout.

On ne pouvait pas les abandonner non plus. Il suffisait de quitter une pièce en laissant le petit cube à l'intérieur pour qu'il réapparaissait spontanément dans la nouvelle pièce où vous veniez d'entrer. Vous pouviez le jeter aussi loin que possible dans l'océan, à peine vous le voyiez couler au loin qu'il était de nouveau à vos pieds. Même les tests caméras des autorités rendirent fous les scientifiques. Ils avaient beau poser des caméras partout, les petits cubes disparaissaient et réapparaissaient tranquillement sur les bandes vidéo, sans se soucier des tests qu'on leur imposait. Car ils suivaient tous leurs propriétaires. En ce mois de janvier, il était tombé autant de petits cubes qu'il y avait d'âmes sur terre. Un humain, un cube, chacun le sien. Et le petit cube n'abandonnait jamais son humain.

Alexandra adorait se réveiller. Elle adorait ces instants où l'on ne comprend pas encore trop ce qui se passe, qui l'on est, où l'on est, et où le rêve de la nuit est encore tendancieusement présent, nourrissant l'émotion alors que la réalité n'a pas encore complètement repris le dessus. Alexandre prolongeait toujours cette phase de conscience modifiée en réglant son réveil trente minutes avant l'heure fatidique du lever, juste pour savourer le fait d'être en vie, de prendre conscience de son corps et de son esprit. Et aussi pour paresser et savourer son matelas et la chaleur de la couette, une des plus grandes inventions de l'histoire de l'humanité à son humble avis. Elle se leva enfin avec regret et ne porta aucune attention au petit cube posé au pied de son lit.

Les humains qui n'étaient pas à l'extérieur lors de l'apparition ce ces petites choses noires, virent tout simplement un petit cube tomber du plafond. Il y en avait des centaines de millions qui étaient tombés dans tous les appartements, bureaux, écoles et services des impôts de toute la planète. Celui d'Alexandra avait suivi le même trajet. Pouf ! Du plafond au sol. Au pied de son matelas.

Comme elle, la moitié de l'humanité dormait lorsque les petits cubes tombèrent tous ensemble sur les sols de leurs foyers. Un atterrissage beaucoup moins sonore que celui de New-York où la foule battait les pavés. Quelques-uns furent réveillés par un léger son, n'y prêtèrent guère attention, se rendormirent et l'immense majorité continua son repos réparateur sans avoir même entendu le moindre bruit d'une petit cube noir tombant au pied de leur lit. Mais le réveil fut douloureux pour tout le monde.

Il était 17h à New York, 23h à Paris et 6h en Chine.

Le président américain réveilla son homologue chinois pour savoir si la situation était la même dans son pays. Mais ce dernier, après lui avoir confirmé que tel était bien le cas et avoir pris les mesures nécessaires pour engager également tous les protocoles de sécurité, ne souhaita pas réveiller son peuple pour éviter justement les désagréments que connaissaient le peuple américain à ce moment. Au contraire, il bénit le décalage horaire.

A son réveil, le peuple chinois entendit les sirènes résonner dans ses villes, comme en temps de guerre. Il écouta les informations à la télé, à la radio, sur internet et assista impuissant et inquiet aux mises en place des plans de lutte anti-terroriste, anti-catastrophes naturelles, anti-invasion extraterrestre et un peu anti-tout ce qui passait, car personne ne savait toujours ce qu'étaient ces petits cubes et personne ne le saurait avant encore quelques années. Pourtant chaque habitant du pays s'empara de son petit cube et fit selon son inspiration comme leurs voisins humains l'avaient fait quelques heures auparavant. Tentative de destruction, d'abandon, mise au coffre-fort, que nenni ! Le petit cube suivait son propriétaire inexorablement, partout, comme un petit chien amoureux.

Alexandra tenait le sien dans sa main, l'air sceptique, tout en écoutant les informations à la télévision. Elle avait beau le retourner dans tous les sens, le peser et soupeser encore et encore, le scruter aussi près que possible, ce n'était pas l'étrange arrivée de ces mystérieux petits objets qui était l'objet de son unique question. Non. Quelque chose d'autre l'inquiétait et elle avait beau avoir passé plus d'une heure devant la télé et fouillé tout le Net, personne ne mentionnait le moins du monde un élément qu'Alexandra avait repéré sur son cube. Était-elle donc la seule ? Elle réagit avec pragmatisme en posant le cube sur la table de sa cuisine.

Appeler Sylvie et Angela, respectivement son employeur, pour l'avertir de son retard, et sa psychanalyste, pour avoir son avis.

Malgré la situation, Alexandra avait des cours à assurer à 9h dans son centre de formation. Des personnes des quatre coins de la planète s'y donnait rendez-vous le temps de quelques jours ou semaines, pour apprendre mais aussi mettre en commun leurs connaissances et leurs compétences. Du fonctionnaire du Ministère de l'Energie et des Mines du Gabon, à l'ouvrier de la raffinerie de Donges, en passant par l'ingénieur géologue de la compagnie nationale des hydrocarbures du Brésil, tout ce monde enrichissait également Alexandra en savoir et expérience, tout comme elle leur dispensait des cours sur la géopolitique de l'énergie. Par ailleurs, et ce n'était pas pour lui déplaire, elle avait un certain succès auprès de ces apprenants. De taille moyenne et de corpulence plutôt quelconque, pas de poitrine exceptionnelle ou de jambes interminables, elle avait pourtant une certaine grâce naturelle, une manière de se tenir, de tourner la tête, de se servir de ses mains qui faisaient penser à une ballerine échappée d'un opéra d'Europe de l'Est ou à une reine antique fière et altière. Ses longs cheveux blonds ramassés négligemment sur le sommet de la tête et dévoilant une nuque élégante en avait émoustillé quelques-uns. Ses yeux verts avaient des reflets troublant, issus de générations d'alliances de peuples et de sangs. Née en France de père français, de mère russe, de grand-mère allemande et de grand-père kazakh, elle avait décidé d'étendre cette mixité en donnant son cœur à un grand gaillards des côtes de l'Afrique du Nord.

Une fois son appel au bureau terminé et son absence excusée, Alexandra enchaina et téléphona à sa psychanalyste.

— Bonjour Angela, c'est Alexandra. Je ne te dérange pas ?

— Non, pas du tout Alex. Bonjour, comment vas-tu ?

Angela et Alexandra étaient devenues plus qu'une patiente et son thérapeute. Elles avaient une aspiration commune qui leur avait fait franchir ce cap et devenir amies, malgré le code de déontologie. Elles étaient toutes deux des femmes en quête. De la quête la plus ancienne et la plus désespérée de l'histoire de l'homme :

comprendre. Comprendre tout. De comment marchent les astres à comment l'homme pense dans sa tête. Deux femmes éprises de savoir, de connaissances, de raisonnement et de logique car elles ne comprenaient rien à ce qui les entourait, alors il fallait bien compenser. Elles étaient toutes deux des psychonautes.

— Ecoute, commença Alexandra, je suis très perturbée par cette affaire de cube. Je suppose que tu en as un également ?

— Oui Alex. Comme tout le monde je crois.

— J'ai un effroyable pressentiment Angela, j'ai l'impression que quelque chose de terrible est en train de se préparer. A ton avis, c'est quoi ces cubes ?

— Aucune idée ! Mais tu n'es pas sans savoir qu'en psychanalyse le cube a une grande symbolique.

— Oui je sais justement. C'est bien ça qui m'inquiète. Mais je te le dis franchement et sans détour. Quelque chose m'interpelle sur mon cube. Le mien a une tache de couleur dessus ! Bleue. Bleue marine. Et personne n'en parle de ça ni aux infos ni sur le web. Pourquoi le mien est-il taché ?

A l'autre bout du fil, Angela se redressa et mis sa main sur sa bouche, choquée. Son cœur s'emballa. Elle avait passé les deux dernières heures à en inspecter des dizaines, en demandant aux passants dans la rue si elle pouvait regarder juste deux petites secondes leurs cubes sur lesquels aucunes taches de couleurs ne figuraient, alors que c'était la première chose qu'elle avait remarqué sur le sien. Elle inspira et expira lentement pour calmer son émotion et se lova profondément dans son fauteuil d'éminente psychanalyste parisienne. Derrière elle la grande fenêtre de son bureau donnait sur une des plus belles places de la capitale. Il était tôt mais elle était déjà à son bureau, mélange subtil de meubles Louis XV et d'une pointe de modernité. Toute aussi brune qu'Alexandra était blonde, un chouilla plus grande, fine et allongée mais tout aussi raffinée et élégante. Alexandra était le monde nouveau, multiculturel et mixé génétiquement, Angela était la vieille Europe, traditionnaliste et sévère. Ses yeux n'avaient pas de reflets, ils étaient noirs tout simplement. Son nez pointu et long et ses fines lèvres renforçaient encore cette impression. Un croisement entre un militaire et une analyste en jupe, soit la quintessence du thérapeute jungien, protestants tous deux. Elle avait même consacré sa thèse de médecine en psychiatrie à Carl Gustav Jung. Dans un vieux réflexe elle posa ses lunettes sur le sommet de son crane certainement comme son idole avait dû le faire jadis derrière un bureau du même type, dans un cabinet somme toute similaire.

— Toi, toi aussi alors ? repris Angela fébrilement. C'est pareil pour moi ! Mon cube a également une tache de couleur mais orange. Pourtant j'ai regardé pas mal de cubes depuis ce matin et aucun n'en a.

Un cri.

— Un instant Alex s'il te plait, dit Angela. J'ai entendu un cri.

Elle regarda par la fenêtre. Les gens commençaient à paniquer un peu partout. Certains fourraient hâtivement leurs valises dans leurs voitures et filaient voir leurs familles. D'autres se réfugiaient dans les églises, temples, synagogues et mosquées pour prier encore et encore. Des pancartes fabriquées à la va-vite sur lesquelles on pouvait voir des visages souriants d'extra-terrestres fleurissaient également aux bras de certains groupes d'individus aux vêtements futuristes. D'autres enfin, accusaient les francs-maçons Illuminati reptiliens d'avoir foiré une nouvelle expérience gouvernementale secrète et occulte, à savoir un nouveau moyen de surveillance voire de contrôle de nos pensées par ondes électromagnétiques ! Attaque terroriste pour les derniers irréductibles, bien que tous les pays du monde aient été touchés. Un internaute avait même publié qu'il s'agissait certainement d'une attaque terroriste mené par des aliens qui étaient en fait nos vrais Dieux. La dernière catégorie, tout simplement s'en foutaient et regardait tout ce petit monde avec scepticisme ou ironie, voire moquerie. « M'enfin, ce ne sont que des petits cubes ! ».

C'était un joyeux bordel qui était en train de s'installer. Au nom de la liberté d'expression, toutes les convictions allaient s'enflammer, engendrant débats houleux, théories fumeuses et réactions exacerbées, luttes, coups et poings.

Les gouvernements du monde entier allaient bientôt décréter certaines mesures d'urgence et pour une fois, avoir une politique coordonnée, unanime et mondiale. Interdiction de rassemblements, couvre-feu pour calmer les esprits échaudés et surtout longs et jolis discours pour rassurer la population en affirmant que tout était bel et bien sous contrôle. Après tout, les cubes n'avaient tué personne ! Ils étaient juste là, posés, docilement. Clivages politiques de tous bords avaient volé en éclats au nom de l'intérêt commun, c'est-à-dire celui des personnes en place, conserver leur part de pouvoir. Un peuple en ébullition ce n'est jamais très bon.

Angela ne parvint à identifier l'origine de ce cri mais l'assimila plutôt à de la joie qu'à un appel au secours quand elle vit déambuler sur la place de joyeux lurons aux vêtements en aluminium et peluches d'E.T. à la main. Elle reprit le combiné.

— Excuse-moi Alexandra, ça commence à être la panique un peu ici ! Ecoute je suis vraiment désolée mais je vais devoir m'absenter. Ne m'en veux pas s'il te plait, je t'en prie. Mais Je ne sais pas pourquoi mais je sens qu'il faut que j'aille absolument retrouver les miens. Tout ceci m'inquiète beaucoup. J'ai l'impression de quelque chose qui touche à l'inconscient collectif est en train de se réveiller et ça me fait peur.

— Tu vas aller en Allemagne ?

— Oui, oui, je suis vraiment désolée, excuse-moi encore. Si jamais j'apprends quoi que ce soit sur ces cubes, je te tiens au courant. Et garde-le discrètement pour toi, le fait que nous ayons toutes deux des taches de couleur sur nos cubes.

— OK pas de soucis, moi aussi je crois que je vais partir. Tu as raison, il se passe quelque chose. Cela va arriver. Je n'aime pas ici, je n'aime pas ce qui s'y passe. Je vais appeler mon homme et je crois que je vais le rejoindre avant que je ne puisse plus.

— Bon courage ma chérie !

— Bon courage à toi aussi ma belle ! clôtura Alexandra.

Ce n'était pas la peine d'en dire plus. Après des années d'analyse, à demi-mots elles se comprenaient. Chacune avait saisi qu'à partir de maintenant le temps était compté, que c'était une question de survie. Puissance de leur instinct et de leur esprit, entrainé depuis des années à être sondé, analysé, scruté dans les moindres détails. Et puis à force d'aller puiser dans ce fichu inconscient, ces deux femmes avaient atteint les strates les plus profondes de la conscience humaine, celle qui relie tout et tout le monde de tout temps, l'inconscient collectif. Cela leur conférait cette capacité extraordinaire à sentir les choses, les évènements, les gens, à décrypter les symboles et à en user, l'apanage des analystes, des artistes et des prophètes.

Néanmoins Angela avait omis un détail conséquent lors de sa conversation avec Alexandra. Elle ne partait pas en Allemagne pour retrouver les siens, elle n'en avait plus. Sa grand-mère s'était éteinte la première, puis ses parents des ravages d'un médicament aujourd'hui prohibé. Non, Angela voulait aller en Allemagne pour voir quelque chose, le voir de ses propres yeux. Sa grand-mère lui en avait tant parlé, toute sa vie durant. Chaque premier janvier, c'était le rituel pour commencer la nouvelle année.

— Tu n'as pas oublié le petit cube et ce que je t'ai raconté à son sujet Angela ? demandait alors traditionnellement la grand-mère.

— Non, mamie, soupirait systématiquement Angela.

— C'est très important, personne ne doit jamais le retrouver. Tu m'as bien comprise ?

— Oui, mamie.

Angela n'avait alors que seize ans, soit dix-sept de moins qu'aujourd'hui et petit-déjeunait dans la cuisine de cette vieille maison typiquement allemande perdue dans la forêt noire.

Il était temps désormais que quelqu'un le retrouve. Et Angela allait s'y employer. Elle partit le soir même pour Niederhagen, un camp de concentration en Bavière, là où le tout premier petit cube était caché depuis la première fois qu'il était apparu sur terre le 1er avril 1945.

Chapitre 2 - Les Américains

— Et maintenant je vous propose de faire la salutation au soleil, dit Shakti. Vous connaissez tous l'enchainement désormais alors je vous laisse faire seuls, à votre rythme. Prenez bien le temps pour la respiration.

Vous connaissez l'enchainement, vous connaissez l'enchainement, c'est vite dit quand même ! pensa Jeremy. Il avait beau s'évertuer à mémoriser les différentes postures de cette prière solaire, il avait quand même encore du mal à la faire tout seul.

L'atmosphère de cette salle de yoga était lumineuse, avec ses grandes baies vitrées qui dominaient tout Los Angeles jusqu'à la mer quasiment, et ses larges miroirs qui reflétaient le ciel californien. Le fait d'être au dernier étage de cette grande bâtisse rapprochait encore un peu plus de ce soleil que Jeremy, Kristen et Omar tentaient de saluer.

Shakti, leur professeur, dégageait cette sérénité yogique à laquelle tant de gens, d'apprentis, s'efforçaient de parvenir. Mais elle avait beaucoup voyagé, vu et vécu. Shakti c'était la baroudeuse, l'aventurière, de ces « traveleurs » comme on les appelle. Elle appartenait aux héritiers des hippies, qui s'étaient posés dans les années 70 à Katmandou au Népal ou à Goa en Inde à la suite de l'essoufflement du mouvement en Europe. Plus tard, l'arrivée des musiques électroniques avait transformé les transes collectives d'antan sur Santana ou Hendrix en gigantesque fêtes techno submergées de drogues de synthèses en tous genres. Mais le concept restait le même. Il y était question de plantes magiques, d'hallucinations et de fusion avec la nature, le cosmos et le divin.

Shakti avait été de ceux-là. De fêtes en fêtes, de raves en raves, de rêves en rêves, elle s'était peu à peu assagit, certainement car bien que son âme ait gouté à quelques délices spirituels, son corps néanmoins ne pouvait plus désormais supporter la moindre défonce. Elle avait alors suivi une voie plus raisonnable et conventionnelle, le yoga, et l'avait étudié pendant quelque temps en Inde, subsistant de petits travails ou de l'aumône des habitants des villes qu'elle traversait, interpellés et touchés par cette petite occidentale qui selon eux, avant de trouver les réponses à ses questions sur le monde, devait d'abord penser à se trouver elle-même.

La référence ultime de Shakti, le psychanalyste suisse Carl Gustav Jung disait au sujet de la scolastique chrétienne et de St Thomas : « ils veulent tous, au moyen d'artifices logiques, accéder par force à quelque chose qu'il ne leur a pas été donné de saisir et dont ils restent en réalité ignorants : ils veulent se prouver à eux-mêmes une foi, alors qu'il ne s'agit en réalité que d'expérience.[1] »

Shakti avait eu une révélation mystique une fois, un matin, sans crier gare, au détour d'une immense fête au Portugal avec trois mille autres, sa vingt-deuxième année. Une fois que l'on vit ça on ne peut jamais s'en remettre, cliché mais tellement vrai. Shakti s'était libérée de ses illusions, les choses matérielles ne voulaient plus dire grand-chose pour elle, le luxe elle aimait bien, surtout à Los Angeles, mais elle savait au plus profond d'elle-même que tout cela ne serait jamais rien comparativement à ce qu'elle portait en elle. Sa sexualité proche du néant, et elle avait quelquefois l'impression d'être une bonne sœur d'un nouveau genre, en quête permanente de réponses à ce que pouvait bien signifier cet évènement qui avait fait dévier sa vie pour toujours, évènement qu'elle surnommait

---

[1] JUNG, Carl Gustav, *Ma vie*, Paris, Gallimard, 1973,

affectueusement « La création cosmique ». Cela commençait même à se voir sur elle, dans ses yeux verts, son regard, son sourire, il émanait d'elle quelque chose de bienveillant, de doux, qui touchait presque à la Grâce, presqu'à la Madone. Omar trouvait qu'elle ressemblait à un ange chrétien croisé à une déesse indienne, surtout avec ses cheveux si longs, assemblés dans une multitude de tresses. Des grandes, des petites, certaines qui s'arrêtent au milieu et laissent les cheveux libres par la suite, d'autres avec des perles, des petits rubans, des gris-gris encore et partout. Ses vêtements de toutes les couleurs rehaussaient le tout. Shakti avait aussi compris que quelque chose existe en nous tous et demande juste à remonter à la surface. C'est pourquoi ces cubes l'inquiétaient plus que tout. Elle engagea la conversation une fois que ses trois pauvres élèves, embrouillées par les sept positions de la salutation au soleil, eurent tous simultanément poussé un soupir d'épuisement.

— Bien, je crois qu'on peut en parler maintenant, commença Shakti.

— Oui moi je veux en parler, répondit immédiatement Kristen. C'est quoi ces cubes ?

Un silence général s'installa, rempli d'angoisse. Les trois élèves étaient assis en tailleur en arc de cercle autour de leur professeur.

— C'est les extra-terrestres, répondit Omar amusé avec son sens de l'humour habituel.

— Non franchement Omar, il n'y a vraiment pas de quoi plaisanter ! se fâcha Kristen. Vous pensez que c'est quoi vous ? Et l'armée alors ? Ils ont dit qu'ils allaient faire des tests, ça a donné quoi ?

— Ils ont faits des tests nucléaires apparemment, expliqua Jeremy. Enfin c'est ce qui se dit sur le Net en tous cas. Dans je ne sais plus quel endroit du Pacifique mais les cubes n'ont même pas été ébréchés. Tu peux toujours essayer de t'en débarrasser, je crois que nous tous ici avons essayé, et tu as bien vu ce que ça donne. J'ai abandonné le mien à 200 kms d'ici. Quand je suis rentrée à la maison, il était posé sur la table de ma cuisine !

— Personnellement, dit Omar, je lui ai acheté une petite pochette et je le promène avec moi.

— Tu lui as donné un nom aussi ? ironisa Kristen.

Omar luit répondit avec un sourire narquois. Bizarrement, beaucoup de personnes à travers le monde avaient réagis comme lui. Quitte à avoir un cube qui ne vous lâche pas, et au cas où ils seraient bénéfiques, autant le garder au plus près. Paradoxalement ceux qui s'étaient le plus attaché à ces petits objets étaient les croyants de tout bord, y voyant enfin une intervention, une preuve tangible de l'existence de leur Dieu, alors pour sûr, ils en prenaient soin.

Le gouvernement américain quant à lui ne voulait renoncer à son économie florissante qui reprenaient enfin de la graine après les crises successives soit de l'immobilier, de la finance, de l'économie ou du pétrole. Il ne fallait surtout pas interrompre ce processus bénéfique de bénéfices malgré l'arrivée de ces étranges petits objets. Alors la NSA[2] n'avait fait que renforcer la surveillance totalitaire de tous ses citoyens dont elle était déjà une grande experte. Toutes les Webcams de tous les ordinateurs de tous les citoyens américains

---

[2] NSA = National Security Agency, organisme gouvernemental du département de la Défense des États-Unis, responsable du renseignement d'origine électromagnétique et de la sécurité des systèmes d'information du gouvernement américain

avaient été activées en même temps à leur insu, ciblant les recherches à l'aide de monstrueux algorithmes et mots-clés.

De toute les façons, la thèse privilégiée des conseillers du président américain n'était pas Dieu, mais une « forme de vie et de conscience non-humaine ». Un alien en quelque sorte. Alors une race avec une telle technologie, qu'est-ce que les humains pourraient bien y faire ?! Les attaquer avec des balles de tennis ? Des balles contre des cubes ? Concept intéressant certes mais peu efficace.

Quant aux citoyens de la première démocratie du monde libre, ils avaient à peu près les mêmes réactions qu'en Europe, du fait de la grande similarité de leurs cultures, tout du moins de leurs modes de vie. Avec certainement un peu plus de mouvements d'admirateurs d'ovnis ou de prédicateurs exaltés ordonnant la rémission des péchés dans les rues et parcs de la ville.

— Mon cube a une tache de couleur dessus ! osa Omar. Alors que les autres non ! Alors c'est peut-être parce que je suis le seul noir dans cette pièce…

— On le sait que ton cube est différent, le coupa Kristen, tu me l'as dit hier au téléphone, c'est pour ça que je t'ai demandé de venir !

Tu as oublié des épisodes ou quoi ? Tu es bien un bélier toi, tu fonces sans réfléchir ! On a tous des taches de couleurs sur nos cubes alors que personne n'en parle dans toute la presse mondiale !!

Kristen hésitait toujours entre l'agacement et les rires face à Omar, son Omar qu'elle adorait et avec qui elle avait déjà tourné plusieurs scènes. Les deux étaient de brillants acteurs et espéraient collaborer encore sur de nombreux films, tant ils passaient si bien à l'écran ensemble ! Elle, si petite, si blonde aux cheveux longs et raides, si pétillante, comme une bulle de champagne rosé, une vrai californienne pure souche à l'allure fière et sure d'elle, avec toujours cet éternel sourire de mannequin, en coin, ironique et fier. Et lui si grand, d'une peau à la magnifique texture ébène, avec ce charme intense et posé, digne de quarante-huit générations purement sénégalaises, un roc, un chef ! Et ce petit accent français aussi, une friandise cet Omar, une véritable friandise ! Quels magnifiques enfants ils auraient pu avoir ensemble !

— Nous sommes quatre à faire cette séance de Yoga tous les mardis matin à 8H30, expliqua Shakti. Et nous sommes quatre à avoir des taches de couleurs sur nos cubes. Alors moi je pense que nous avons un lien. Je ne sais pas lequel ni pourquoi mais c'est comme si ces petites taches de couleurs étaient un message, ou une invitation. A quoi ? Je ne sais pas. Mais en tous cas à ne pas rester inactif. Il faut chercher. Je suppose que « ça » ne demande qu'à être découvert. Sinon ça ne serait pas là.

— Très bien, renchérit Jeremy, mais quoi alors ?? Qu'est ce qui nous unit tous hormis ce cours de yoga ? Excuse-moi mais d'où que provienne les cubes, que ce soient les extraterrestres ou les démons, s'ils s'intéressent uniquement à notre cours de yoga, c'est encore plus flippant !

Jeremy est certainement l'un des plus grands spécialistes mondiaux des prophéties apocalyptiques. Sur le web. C'est sa passion, son passe-temps. Peut-être un traumatisme infantile dû à toutes ces heures passées à l'église à écouter le prêtre. De forums en forums, de théories du complot en révélations de pasteurs, les secrets de la fin du monde, n'en étaient plus pour lui. Il connaissait Kristen depuis les bancs de l'école. Ils avaient spontanément décidé tous les deux de devenir acteurs et ça marchait plutôt bien. Jeremy n'était pas peu fier de sa récente nomination à l'Oscar. Il avait bien essayé de séduire Kristen par le passé mais jamais rien n'y fit et leur complicité devint un trésor bien plus important encore. Pourtant son charme indéniable salué par toute la presse, ses milliers de fans et la cour incessante des demoiselles d'Hollywood pour ce riche et célèbre célibataire de 33 ans, ses yeux bleus, son sourire impeccable, non, non, Kristen toujours impassible. Kristen c'était l'amour de Dieu et son pardon, Jeremy, c'était la justice de Dieu et son châtiment. Ils s'équilibraient bien.

Kristen passait son temps libre sur Facebook à propager des messages chrétiens de paix et d'amour, et citait tous les jours la Bible qu'elle connaissait par cœur. Elle n'avait retenu que le coté miséricordieux et rempli d'amour de Jésus, son idole, et entendait propager son message du mieux qu'elle le pouvait. Des cœurs, des smileys souriants et des Amen ponctuaient ses posts allant de l'acceptation de l'homosexualité au nom de l'amour mais refusant l'avortement.

Jeremy se lança, son idée délirante ayant suffisamment fait de chemin dans sa tête.

— Bon moi je pense que ça va être la fin du monde !

Soupirs unanimes.

— Encore ! s'exclama Omar. Entre 1999, le bug de l'an 2000 et 2012, j'ai déjà survécu à trois apocalypses, alors au point où j'en suis !

Jeremy tomba les bras et les épaules de découragement dans un grand râle. Il était résigné par le scepticisme d'Omar quoique amusé par sa boutade.

— Non mais sérieusement vous avez entendu parler de Notre Dame de Fatima ? reprit Jeremy.

— Oui, vingt millions de fois à peu près, s'agaça Kristen. Grâce à toi ! Il y a encore un romancier qui vient d'écrire un livre là-dessus, le dernier pape, je ne sais quoi. C'est archi vu et revu ton truc là. J'en ai marre de Notre-Dame de Fatima, Jeremy, au bout de toutes ces années !

— Quid de Fatima s'il vous plait ? demanda Omar. Ça m'intéresse un peu quand même là, c'est un prénom musulman et je l'ai rarement vu associé à Notre-Dame.

— Bien, donc bref résumé historique de la situation pour notre confrère Omar, commença Jeremy. En 1917 la vierge Marie est apparue six fois au Portugal à trois petits enfants entre sept et dix ans pour leur délivrer un message. Plus de cinquante mille personnes disent avoir assisté au miracle du soleil, quand celui-ci s'est mis à tournoyer dans le ciel et à lancer des faisceaux de couleurs différentes, et…

— Hallucination collective ! le coupa Omar avec son rire bien sonore.

— Moi aussi j'ai eu une révélation au Portugal, reprit Shakti qui voulait apaiser la tension naissante. J'y ai vécu un jour quelque chose qui a changé le sens de ma vie et qui a fait de moi celle que je suis aujourd'hui. Ne me demandez pas ce que c'était, ce serait bien trop long et difficile à vous expliquer. Mais nous en avons parlé hier avec Jeremy, et c'est pourquoi nous voulions vous voir aujourd'hui. Pour vous annoncer que nous avions décidé de nous y rendre. C'est le seul lien premier que nous ayons trouvé. Le Portugal. Et comme vous aussi vous avez des taches de couleur sur vos cubes, on voulait vous inviter.

Tout le monde fut consterné par cette idée absurde de Jeremy et Shakti.

— Mais je n'ai aucun lien avec le Portugal moi ! scanda Omar.

— Pareil, rajouta Kristen.

Trente kilomètres d'écart. Juste trente petits kilomètres entre l'endroit où la vie de trois petits enfants avait définitivement basculé après une apparition divine en 1917 et l'endroit où la vie de Shakti avait définitivement basculé après avoir senti toutes les constantes de l'univers se fondre en elle. Alors Shakti en avait marre de ces coïncidences et voulait, en bonne baroudeuse, prendre son sac à dos et aller sur place en avoir le cœur net. Elle était comme ça la Shakti ! Sanguine et spontanée, sans attaches, en quête perpétuel et donc en voyage perpétuel, en corps et en esprit. Peut-être encore une révélation ? Le Portugal l'appelait dans sa chair et ses os.

Jeremy savait que le Portugal était consacré depuis toujours à la Vierge Marie. Que trois petits enfants et un professeur de yoga y avaient vu des choses qui dépassaient l'entendement humain. Et il en était venu à la conclusion que cet endroit serait peut-être un dernier refuge en cas d'extinction de masse. En même temps, quand on est un spécialiste de l'apocalypse spontanée, on est toujours sur le qui-vive. Ah ces survivalistes !

Kristen et Omar restaient quoi. Mais les deux sentaient aussi que quelque chose allait se passer. Un sentiment dans l'air qu'il fallait y aller aussi. L'instinct. Après tout, n'étaient-ils pas quatre à avoir des taches de couleur sur leurs cubes ? Bleu clair, marron, vert pomme et rouge. Si Jeremy et Shakti y allaient, il ne fallait peut-être pas laisser le groupe s'éclater. Et puis Kristen ne voulait pas, ne pouvait pas laisser son plus vieil et tendre ami, son Jeremy partir ainsi sur la route en ces temps délicats. Et comme Omar ne pouvait laisser partir Kristen, sa Kristen et que le Portugal était plutôt agréable à cette époque de l'année, les quatre équipiers se mirent bientôt d'accord sur l'itinéraire de leur périple.

— Une semaine, déclara Kristen. C'est tout ce que je peux vous accorder, j'ai un tournage après. On y va, on voit et on revient, ok ?

— Bien allons-y Mesdames et Messieurs ! dit Omar. Ça m'intrigue cette affaire de Fatima quand même ! Non pas la révélation en soi mais si la Vierge voulait s'adresser à quelqu'un, pourquoi a-t-elle choisi un village qui porte le nom de la fille de mon prophète Mohammed ?

Depuis l'apparition des petits cubes à la surface de la terre il y avait maintenant trois jours, le monde devenait presque onirique. Les sentiments des gens étaient plus qu'exacerbés. On sait ce que font les éléphants quand ils savent qu'ils vont mourir.

Chapitre 3 - Les deux artistes

Quelle horreur cet appel à la prière cinq fois par jour ! songea Macha. *Tout le temps ça raisonne et ça ne vous laisse jamais en paix. Pourquoi rappeler cinq fois par jour l'existence et la soumission à un Dieu qui n'existe pas ?*

Macha venait juste d'être réveillé par le premier appel à la prière de la journée, 4H44 du matin. Même avec son oreiller sur la tête, elle ne pouvait éviter de l'entendre depuis sa luxueuse suite dans l'un des plus beaux palaces d'Istanbul. Macha était là pour deux mois, elle la star, la danseuse étoile du ballet de Saint Petersburg, en représentation officielle et exceptionnelle. Tout le monde parlait en termes dithyrambiques de l'ancienne Constantinople, d'une ville romantique, chargée d'histoire, la frontière entre l'Orient et l'Occident, entre le Christianisme et l'Islam. Macha ne voyait que la crasse, la surpopulation, les bouchons, les bruits, les odeurs, un enfer pour elle et la délicatesse immaculée de son ballet. Vu l'heure plus que matinale, Macha se rendormit une paire d'heure, puis décida enfin de se lever pour aller flâner le long des rives du Bosphore, là où l'air est plus respirable et où l'on vient chercher un peu plus de sérénité les jours de repos. En se levant, elle allumant la télé et tomba sur un ridicule reportage consacré à l'apparition de la Vierge Marie dans le village de Fatima au Portugal. Soixante années d'athéisme forcé avaient laissé des traces dans l'esprit de nombreux russes, qu'ils aient ou non connu l'Union Soviétique. Soit-l'on été fervemment croyant, avec foulard sur la tête et cierges à l'Eglise, un regain d'activité religieuse engendré par des années de mise sous silence, soit-l'on ne croyait en rien, si ce n'était en le capitalisme. Après le communisme, de toute façon aujourd'hui, c'était le règne des idéologies. Religieuses ou économiques. Quoique l'économie est devenue un nouveau Dieu depuis longtemps.

Macha ne croyait qu'en elle. Elle s'apprêta, une belle russe ne sort jamais sans se pomponner. Brune comme les geais mais yeux bleus du pacifique. Son traditionnel chignon de ballerine dégageait sa nuque, qui comme celle d'Alexandra était des plus aguichante. Elle pouvait avoir l'air froide et snob mais ce n'était que de la maitrise de soi et la manière dont devait se tenir une personne de son rang qui lui avais été inculquées depuis sa jeunesse.

La ballerine passa sa journée à errer solitairement le long du détroit, au gré de ses parcs et ruelles, échoppes et boutiques. Perdue dans ses rêveries, elle en avait oublié le temps. Il était 18H17 et l'appel à la prière résonna de nouveau. Elle s'accouda sur la balustrade blanche en face du fleuve. Les 2.830 mosquées de la ville reprirent en chœur. La lumière diminuait. La transition entre les âmes du jour et les créatures de la nuit lui provoquait souvent un sentiment inquiétant, comme une vielle peur infantile du noir et de la nuit. Les voix des imams à l'unisson donnaient une dimension mystique au crépuscule. Y'aurait-il des démons cette nuit ? Macha s'arrêta immédiatement. Elle ne voulait pas laisser toutes ces bêtises religieuses, pour rester polie, entrer dans sa tête. Travail, patrie et danses, depuis l'âge de ses trois ans, c'était tout ce que lui avaient enseigné ses parents, anciens membres du parti qui s'étaient reconvertis dans les affaires. Elle savait que bientôt elle ne pourrait plus assurer le rythme effrénés et éreintants des ballets et répétitions. Son corps vieillissait et fatiguait, ses articulations, son dos, son corps commençait à la trahir usé par ces trente années d'entrainement, mais à ça aussi, elle refusait de penser. Elle se rassura en pensant devenir une chorégraphe réputée.

Macha tourna la tête. Un charmant jeune homme était également accoudé à la balustrade à quelques mètres d'elle. Pensif, regardant le fleuve de sa ville. Brun, ténébreux, avec de magnifiques sourcils d'ébène, tout de noir vêtu, c'est surtout son regard mélancolique qui interpelle Macha. Peut-être lui aussi n'aimait il pas le crépuscule ? Il la regarda. Elle sourit. Cœur qui s'emballe. Encore un regard, toujours aussi doux, encore un sourire. Une envie de redevenir une petite fille et de se blottir dans les bras protecteurs de ce prince turc. Quand il se dirigea vers elle et s'approcha tout près, Macha se surpris à se demander s'il allait l'embrasser dans un élan romantique et surréaliste.

— Vous avez votre cube ? lui demanda-t-il posément.

— Oui, comme tout le monde ! s'étonna Macha de cette familiarité. Pourquoi cette question ?

— Excusez-moi j'ai été impoli. Je tiens à vous saluer tout d'abord. C'est juste que cela me perturbe beaucoup toute cette étrangeté.

— Moi cela ne me perturbe pas. Personne ne sait à quoi ils servent car ils ne font rien. Les gens qui meurent voient leur cube disparaitre spontanément dans la minute qui suit leur décès et les nouveaux nés voient en apparaitre un dans la minute qui suis leur naissance. Peut-être que l'on ne saura jamais à quoi ils servent et nous mourrons tous avec cette lacune ? Je ne veux pas que cela empiète sur ma vie, ma liberté et mes choix. Ce ne sont que des petits cubes inutiles.

— Waouh ! Vous êtes pragmatique ! En même temps vu sous cet angle, c'est sûr que c'est plutôt rassurant. Mais au fait, qu'est-ce que vous faites ici toute seule ? Ce n'est pas une heure réputée très sure pour se promener seule sur ces berges. Regardez, il n'y a que nous deux ici.

Le ton de sa voix était si doux et avenant. Macha lui accorda une certaine confiance, spontanément, alors qu'elle ne le connaissait de nulle part. Comme ces personnes que vous venez de rencontrer et qui vous procurent immédiatement l'impression rassurante que vous les connaissez depuis des années.

— J'avais justement envie de passer la journée seule à flâner. Et puis, je ne suis pas si seule que ça. J'ai mon petit cube ! lui dit-elle en le sortant de son sac en bandoulière.

Le jeune homme qui s'appelait Zubair manqua de défaillir, son cœur s'étant presque arrêté, comme le temps autour d'eux. Il posa les yeux sur le cube de Macha puis sur elle. Son sourire n'était plus ni mélancolique, ni avenant, car il ne souriait plus mais fronçait les sourcils, l'air renfrogné. Macha senti la panique dans son regard et lui demanda :

— Quoi ? c'est à cause de la petite tache grise ? Oui je sais il est un peu différent le mien. Certainement un défaut de fabrication dans leur usine interstellaire.

Zubair se calma et souris de nouveau. Sa panique laissa place à la confiance et à l'enthousiasme.

— Vous qui êtes si pragmatique, dit Zubair, vous croyez certainement aux coïncidences. Alors expliquez-moi celle-ci.

Et Zubair sorti également son cube sur lequel on pouvait à peine distinguer une tache bordeaux.

— Et bien certainement un autre défaut de fabrication ! tenta Macha avec humour et rire.

Elle se demandait toujours s'il allait finir pas l'embrasser. Ils avaient raison, les vilains. Istanbul est une ville terriblement romantique. Macha n'en avait que faire de ces taches de couleur. Zubair lui, ne croyait pas aux coïncidences.

— Vous êtes de quel signe astrologique ? s'enquit Zubair.

— Tiens, pourquoi ? Ça a une quelconque importance ?

— Ça renseigne quand même un peu sur la personnalité des individus.

— Poisson et vous ?

— Scorpion. Ça pique et ça vous tue.

Macha se dit qu'il avait bien raison. Zubair venait de la piquer et elle mourrait de désir. Il ne fallait pas gâcher ce doux moment de la première rencontre par des questions métaphysiques ou pseudo-existentielles. Parfois, il faut juste savoir se laisser porter par ce qui se passe et le vivre. Ils restèrent longtemps tous deux, Macha et

Zubair, les bras sur la balustrade à regarder la lumière périr sur la

ville aux sept collines. Et se sourirent beaucoup.

Chapitre 4 - L'immigré

— Sale pute de tige de forage !!! gueula Jésus.

— Oooooooooooooooh !! Ça va oui de parler comme ça ! s'exclama vivement Antonio, ne supportant pas ces manières grossières d'ancien foreur.

Même s'il était désormais Directeur des travaux, Jésus n'en avais pas moins conservé certaines habitudes tenaces, notamment le langage de ces explorateurs d'un nouveau genre, habitués à creuser dans les régions les plus reculées et hostiles de la planète.

— Excuse-moi, repris Jésus, mais c'est la quatrième qu'il va falloir changer. Qu'est-ce qu'il fout le géologue ? Il s'est enfui ou quoi ? Alvarez ? Pas de réponse. Oui ça doit être ça, il s'est enfui, de peur que je le tue et il a bien raison. Cours Alvarez, cours ! lança Jésus dans l'immensité de la jungle brésilienne qui les entourait. Toi et tes analyses de géologues à la c…

— Ah non là ça suffit, le coupa Antonio qui savait bien quel terme Jésus allait employer. Arrêtons là pour aujourd'hui de toutes façons. Je crois qu'il est des choses bien plus importantes dans la vie maintenant que tous ces forages et cette huile.

Bien évidemment Jésus et Antonio pensaient aux petits cubes.

— Il est comment le tien Antonio ? questionna Jésus.

— Noir, tout noir, comme tous les autres, soupira Antonio.

Tristesse. Celui de Jésus avait une tache de couleur et il se sentait bien seul. La tâche ne voulait pas partir. Violette et tenace. La javel n'y faisait rien. C'est vrai qu'il y avait bien plus important maintenant. L'avantage avec ces cubes c'est que dans l'inquiétude générale les gens s'étaient rapprochés les uns des autres. On prenait des nouvelles de sa famille plus régulièrement, les gens partaient voir les leurs et certains même retournaient dans leur pays d'origine, au cas où. Jésus était tenté. Il aimait et adorait le Brésil où il vivait maintenant depuis plus de dix ans. Il supervisait une bonne équipe de foreur, sérieux et motivés, la compagnie nationale payait bien et au moins ici tout le monde parle le Portugais, sa langue natale. Mais il était quand même très tenté de retourner voir les siens au pays. Il n'avait ni femme, ni enfant et plein de congés à prendre.

L'équipe de forage quitta la jungle. Les hommes avaient fini leurs cinq semaines de rotation. Il était temps de retourner à la civilisation. A peine rentrés dans leurs villes respectives, Jésus regarda quand même comment faire pour rentrer au pays, au Portugal.

Le problème c'était la place dans les avions. Beaucoup de personnes au Brésil avaient les mêmes attaches et motivations que Jésus et tous les vols étaient complets les prochaines semaines. Mais il pouvait toujours aller dans un pays voisin et tenter sa chance. Pas de place pour l'Espagne. Bien évidemment, trop proche du Portugal, plein de ses concitoyens avaient eu la même idée. Rien pour la France, dommage, il aurait bien aimé en profiter pour visiter quelque peu le pays mais trop de français s'étaient expatriés ces dernières années pour fuir la dégringolade économique de leur pays, notamment au Brésil et retournaient maintenant chez eux.

Ses recherches sur internet sur tous les sites de compagnies aériennes commençaient à lui donner mal aux yeux dans la pénombre de son salon. Il se leva, alluma la lumière, et en profita pour regarder par la fenêtre cette foule de pèlerins qui ne cessait de grossir depuis l'apparition des cubes, cette foule en direction du Pain de Sucre et de sa gigantesque statue du Christ, dans ce pays le plus catholique de la planète. Il se dit qu'il ferait peut-être bien d'y aller lui aussi. Sa ferveur s'était quelque peu amoindrie au contact de cette jungle vierge mais il avait encore en tête tous les sermons de sa mère sur le Bon Dieu, les anges et surtout les apparitions de la vierge dans leur village.

Une autre alternative envisageable, le Maroc. De Tanger, au Nord du pays, il n'y a que quelques heures de traversées en Méditerranée pour rejoindre Faro, au sud du Portugal, sa terre natale. C'était jouable. Zut ! La Royal Air Maroc n'effectue pas de liaison directe depuis le Brésil vers Tanger. Juste vers Casablanca ou Rabat. Dilemme, choix, Jésus hésita puis opta pour Casablanca, sans aucune raison évidente. Il se disait juste que les quelques heures de train séparant les deux villes de Tanger et Casablanca lui donnerais l'occasion pour une fois dans sa vie de visiter le royaume chérifien. Le départ se ferait dans trois jours, le temps de poser ses congés, préparer ses affaires et gérer le problème du chat.

Il fallait également qu'il se rende quelque peu plus présentable après ces cinq semaines dans la jungle. Sa barbe et ses cheveux mi-longs commençaient vraiment à le faire ressembler à son homonyme, bien que l'ex-foreur était d'une corpulence plutôt petite et trapue. Il fallait aussi qu'il s'achète quelques vêtements car au fur et à mesure des années sa garde-robe s'était plutôt constituée de vêtements de travail. Quelques tee-shirts, joggings et jeans feraient très bien l'affaire pour son périple. Il regretta en cet instant ne pas avoir femme et enfants. Il aurait certainement fait un peu plus d'efforts quant à son apparence. Il ne le savait pas encore mais son destin allait être encore plus triste mais aussi plus grandiose

Chapitre 5 - La Maison Blanche

— Les gens sont encore plus inquiets ici qu'ailleurs, tu le sais bien Abdel, remarqua Tao.

— Je ne vois pas pourquoi, répondit Abdel.

— Eh bien si voyons, les cubes, tu as compris quand même !

— Non pas du tout Tao, je ne vois pas de quoi tu veux parler. Bon, écoute, je pense qu'on a vu tout ce qu'on devait voir. Au niveau des comptes, des auditeurs, tout est bon. La trésorerie aussi. Est-ce que ça te va ou est-ce que tu as d'autres questions ?

— Non, écoute, ça va, je te remercie, je pense qu'on a tout vu. Franchement je suis vraiment ravi que les ventes décollent, je ne regrette vraiment pas de t'avoir recruté. Tu es un excellent directeur financier...et ami ! En revanche, excuse-moi, je suis réellement désolé de devoir t'abandonner aussi brusquement mais Momo a encore des ennuis et me supplie de le rejoindre au plus vite. C'est mon ami d'enfance tu sais et je ne peux vraiment pas lui refuser ça.

— Il n'y a pas de soucis Tao. Tout va bien quand même, rassure-moi, rien de grave ?

— Non, non, ça va rassure toi. Au revoir Abdel.

— Au revoir Tao.

Les deux hommes se serrèrent la main et Tao quitta le bureau du co-gérant de leur société commune.

Les affaires étaient bonnes, Abdel était ravi lui aussi. Il avait ça dans le sang, le commerce, aussi loin qu'il avait pu remonter dans l'histoire de sa famille, il était toujours question de commerce. Il était peut-être aujourd'hui directeur financier d'une entreprise de services spécialisés dans le numérique mais auparavant il était question des premières boutiques de confection dans les quartiers industriels du nord de la ville, encore avant, des échoppes de vendeurs ambulants de légumes, et aussi loin qu'il avait pu remonter dans la lignée familiales, les caravanes d'or et de soie de ses ancêtres les plus lointains. De par sa mère, il pensait souvent à l'Iran, terre qu'il n'avait jamais encore visitée, et de par son père il affectionnait tant son pays le Maroc, et surtout sa ville, Casablanca. Du Maroc à l'Asie centrale et inversement, il portait toute la terre d'Islam en lui, lavée de ses querelles fratricides.

Mais aujourd'hui, ce n'étaient pas les affaires qui l'inquiétaient. Dans un pays religieux comme le sien, l'arrivée des petits cubes avait conduit la foule dans les recoins les plus sombres de leur psyché collective. Ici on n'accusait ni une imminente invasion extraterrestre, ni un complot du gouvernement visant à nous transformer en robots sexuels, mais l'on évoquait plutôt la colère annoncée d'un Dieu. La monarchie tentait d'apaiser les différents groupuscules religieux les plus exaltés mais surtout et encore plus ses sujets dans leur ensemble. Encore une différence avec ces pays de l'autre côté de la mer qu'il contemplait depuis son bureau. Là-bas, on ne croyait plus en rien, ici, on y croyait encore plus.

La sonnerie du téléphone retentie, Abdel bondit en espérant avoir des nouvelles d'Alexandra.

— Allo ?

— Abdel, c'est Alex, comment ça va mon cœur ?

— Ça va mon amour et toi, comment ça se passe chez vous ?

— Ça ne s'arrange pas, ça tourne à l'hystérie collective, je crois qu'il y en a qui vont se battre dans la rue bientôt, quoique je crois que ça a déjà même commencé. Hier à la télé, le premier ministre et le ministre de l'intérieur en sont même venus aux mains. Tu imagines ? quelle honte ! Chacun y va de sa théorie et veut convaincre les autres. Tu sais ce que ça donne les guerres d'idées, l'idéologie, tout ça. Le gouvernement en profite pour serrer la vis sur tout ce qu'il peut, les impôts, la police, la sécurité, je crois que le couvre-feu va bientôt être restauré.

— Mais pourquoi ? Qu'est ce qui se passe ? Ce sont juste des cubes. Ils ne font rien.

Abdel ne comprenait toujours pas cette inquiétude outre-mer. *Mektoub. Inch'Allah.* Un entrepreneur français lui avait une fois confié : « C'est le conseil que je donne à tous ceux qui veulent faire des affaires au Maroc : si vous venez ici, oubliez la rigueur allemande et les budgets clôturés en temps et en heure, sinon vous attraperez vite des ulcères à l'estomac ». Oui et alors ? Ce présentait également certains avantages. Certes, tout n'était pas cadré, formalisé, mais au moins, du coup, il y avait toujours moyen de s'en sortir, d'innover et d'aller de l'avant. Et ce *mektoub* engendrait également une grande sérénité. C'est ce qu'ils avaient de commun avec les peuples d'orient, mets tes soucis de côté et avance, ça dépendra de ton *karma*, de ton *mektoub* ou d'Allah. Et au moins tu n'auras pas d'ulcère à l'estomac.

— Ce sont juste des cubes Abdel, repris Alexandra, mais personne ne sait toujours d'où ils viennent et à quoi ils servent. Et personne n'arrive à s'en débarrasser. Que ce soit l'armée avec leurs fichus tests nucléaires, enfoirés, ou même les particuliers. Débarrasse t'en et il revient. Les gens deviennent fous. Je crois qu'il y en a même qui ont commencé à se suicider. Il y en a qui disent même que ces cubes ont une influence sur le comportement. C'est la psychose la plus totale. En même temps je les comprends, C'est comme si tu avais un œil posé sur toi en permanence.

— Heureusement que les arabes en ont eu aussi, sinon on aurait pu soupçonner un acte terroriste, se hasarda à plaisanter Abdel. Bon que fais-tu ?

— Je vais essayer de te rejoindre.

— C'est ce que j'espérais entendre ! Prends le premier avion.

— Je ne peux pas. Les vols sont plein ! Tous les immigrés marocains veulent rentrer au pays. Les prix ont explosé. Tu parles que les compagnies aériennes profitent de cette panique générale. De même que les compagnies pétrolières. Tu verrais le prix de l'essence ! Et je sais de quoi je parle. Je vais prendre ma voiture. Je vais descendre jusqu'au sud du Portugal à Faro et prendre un bateau pour Tanger.

— Non mais tu es cinglée ! Tu ne vas pas descendre en voiture toute seule ! Et traverser toute l'Espagne aussi ? Tu sais bien que ces routes en pleine terre sont un vrai coupe gorge. Quand les immigrés reviennent au pays ils font des convois de plusieurs voitures pour ne pas se faire dépouiller.

— Tu crois franchement que je n'en suis pas consciente ? Mais qu'est-ce qu'il me reste comme autres alternatives ? Toi tu ne peux pas venir. L'ambassade de France n'accorde plus de visas et puis il ne faut surtout pas que tu viennes. Tu sais ce qu'il commence à se dire au sujet des cubes et des arabes. Désolée, mais ça me rappelle trop certaines heures sombres de l'histoire de mon pays.

— Non Alex, c'est beaucoup trop dangereux. Je refuse

— Empêche-moi ! se défendis Alexandra.

— Ecoute il ne se passe rien avec ces cubes…

— Et si quelque chose se passe ?? Je veux être à coté de toi dans ce cas-là. Et puis tu peux m'expliquer pourquoi toi et moi, chacun des deux côtés de la mer on a réussi à avoir deux cubes avec chacun des taches de couleur alors personne sur terre n'en a ? Hormis Angela. Bleue marine pour moi et verte pour toi ? Toi qui pries cinq fois par jours, tu ne crois plus aux signes ?

Abdel était réputé pour être un patron intransigeant. Le business, c'est le business, les amis c'est pour la maison. Mais face à Alexandra il pliait chaque fois. Les deux s'équilibraient, un mélange de fantaisie et de cartésianisme, de spontanéité et de contenu, d'air et de terre. Comme leurs signes du zodiaque. Alexandra respirait le feu et l'air, Abdel, évoluait entre terre et eau. A eux deux, ils rassemblaient les quatre constantes astrologiques. Elle était verseau ascendant sagittaire. Il était taureau ascendant scorpion. Depuis l'université où ils s'étaient rencontrés, en France, ils ne s'étaient plus quittés, sauf l'année dernière où Abdel avait décidé de monter sa propre société dans son pays natal. Alexandra avait prévu de démissionner et de le rejoindre dans quelques mois.

— Alex, fais très attention à toi. Ne t'arrête sous aucun prétexte, trace ta route, c'est tout droit. De toutes les façons je sais que je n'arriverais pas à t'en empêcher. Et puis je sais au plus profond de moi qu'il faut que tu viennes aussi.

Alexandra raccrocha et prépara ses affaires. Elle repensa à son amoureux pour se motiver. Lui si grand, elle si petite comparativement. Leurs trente centimètres d'écarts lui permettaient de se caler confortablement dans ses grands bras accueillants et réconfortants, contre son torse bombé dans la position la plus rassurante qui soit. Il ne pouvait rien lui arriver dans ces moments-là. Bien sûr, il commençait à perdre quelque peu ses cheveux. Alexandra lui avait répété à maintes reprises que cette couche de gel qu'il mettait systématiquement chaque matin pour les plaquer en arrière les étouffaient et était responsable de leur lente asphyxie fatale. Mais cela n'ôtait en rien à son charme et charisme unanimement admis. Abdel rentrait dans une pièce et tous les regards se tournaient vers lui, impressionnés. Toujours tiré à quatre épingles il venait mettre de s'acheter un costume trois pièces car sa douce lui avais dit qu'elle trouvait cela terriblement séduisant et élégant. Un brin coquet mais ni trop ni pas assez, juste de quoi être toujours irréprochable dans sa tenue depuis ses chaussures de marques cirées à ses boutons de manchette. Mais de tout cela, ce que retenait Alexandra c'était sa sagesse, sa bienveillance, et son désir permanent que son Dieu, sa mère et sa famille soit fiers de lui. Et dix ans d'amour !

Alexandra soupçonnait aussi qu'elle ne reviendrait pas. Qu'elle allait abandonner son pays, sa famille, ses amis, son travail, toute sa vie. Et qu'elle ne le regrettait pas. Car Alexandra savait juste sur une intuition, un sentiment et non sur des mots, ce qu'il allait advenir de l'Europe. Que tout ce qu'on lui enseignait depuis toute petite, la liberté, l'égalité et la fraternité allaient s'en promener dans les oubliettes de l'histoire. En fait le nazisme, c'est peut-être sympa après tout !

Chapitre 6 - Ivrit

Tao était littéralement furieux contre Moshé. Lui faire annuler des entretiens ô combien importants dans le business était un crime dans son système de pensé. Surtout pour un motif aussi abracadabrantesque. Mais Tao avait toujours eu une très grande affection pour Moshé. Il était comme son frère.

Ils étaient tous deux nés à Casablanca, descendants d'immigrés, voisins d'immeuble, voisins de classe, voisins de cours de football. Ces deux-là avaient plus que grandis ensemble, ils avaient évolué quasiment de la même manière. Et comme un vieux couple ils se complétaient aussi, jusque dans les astres, comme aimait à plaisanter leurs mères, qui les avaient portés en même temps, dans le même pays, la même ville, le même quartier, la même rue, le même immeuble, le même pallier. L'un du signe des gémeaux, né prématurément un 21 juin, l'autre du signe de la balance, qui refusait de sortir du ventre de sa mère jusqu'à ce qu'on l'y oblige, un 23 septembre. Deux jumeaux comme les deux plateaux de la balance de la justice.

Voisin d'université aussi, tous deux diplômés en architecture des systèmes d'information. Après quelques expériences professionnelles malheureuses ils avaient décidé de créer leur propre entreprise de services spécialisés dans le numérique. Tao avait rencontré cet Abdel absolument par hasard, dans les rayons d'un supermarché Label Vie mais le courant était bien passé entre eux. Il lui avait quasi-immédiatement proposé de le recruter comme directeur financier pour développer leur business. Tao devait bien avouer aujourd'hui que, malgré ses réticences premières, comme les chinois, les arabes savaient y faire dans le domaine du commerce. Alors avec un juif en plus dans l'équipe, là c'était vraiment du bonheur, bientôt la fortune ! Tao se moquait des peuples, des religions, des stéréotypes. Il ne voyait que l'humain et aimait taquiner ses interlocuteurs avec des clichés.

Et tout le monde s'entendait bien. Un jour le nouvel an chinois, un autre jour une fête juive, et encore un autre jour une fête musulmane, comme cela se passait avant dans la Medina. Tao avait un œil amusé sur ces querelles ancestrales entre cousins sémites, lui qui aspirait à placer son cœur et son esprit dans la voie de la nature, et qui concevait l'univers comme un grand mécanisme où chacun aurait sa place dans un magnifique équilibre cosmique. Il avait souvent pensé que l'univers était comme un Rubix-cube géant qu'il fallait remettre en ordre. Le jour où les cubes apparurent, il failli en faire une syncope. Ses parents l'avaient d'ailleurs prénommé Tao en hommage à cette religion et philosophie d'origine chinoise fière de plus de vingt millions d'adeptes, certes nombre raisonnable face au milliard de chrétiens et de musulmans, mais dont le symbole du yin et du yang avait dépassé toutes les frontières et que tout le monde pouvait comprendre sur Terre.

Dans le quartier on surnommait Moshé et Tao le juif et le chinois. Ce qui embêtait un peu Tao. Mais bon ! De toutes façons comment auraient-on pu les surnommer différemment ? Tous les deux affectionnaient baskets, jeans, sweat à capuche, casquette, et sac en bandoulière. Pour des businessmen de 33 ans, ça passait mal. Mais ils savaient sortir leurs costumes cravates quand il le fallait. Tao était légèrement plus grand que Moshé, bien bâti, très bien bâti, et dégageait une certaine assurance commune à son co-investisseur marocain, Abdel. Toujours impeccablement coiffé, Tao préférait les coupes courtes et portait systématiquement des lunettes de soleil. Moshé quant à lui respirait l'Orient. Son teint s'était plus que doré au fil des années sous le soleil de la ville blanche et son appropriation du langage, expressions populaires et corporelles faisait presque de lui un gars du coin.

Moshé était complètement paniqué depuis l'apparition des cubes, à deux doigts de l'internement, d'ailleurs Tao lui avait suggéré de consulter. Même si l'ensemble de l'humanité commençait à prendre un sentier bien sombre, les réactions de Moshé dépassaient celles du commun des mortels. Il en était même arrivé à une décision des plus irrationnelles, aller dans un pays inconnu où il ne connaissait personne, juste pour retrouver un cube. Un seul fichu cube ! Comme si les autres sept milliards sur terre n'étaient pas suffisants ! De ce fait, Moshé avait contraint, si ce n'est ordonné à Tao d'annuler tous ses rendez-vous de la journée afin de pouvoir s'expliquer ensemble sur le pourquoi de cette décision.

Une partie de la famille de Tao implantée en Chine pour des raisons commerciales lui donnait régulièrement des nouvelles. Un milliard de cubes y était apparu, et statistiquement parlant, c'était le pays dans le monde où il y en avait le plus. L'esprit oriental possède ce fatalisme qui assagit en même temps qu'il résigne. Depuis les campagnes où les gens cherchaient encore les guérisseurs de village pour expliciter ces cubes, aux rives de la magnifique Shanghai où la classe moyenne émergente voyait cela comme une énième manipulation du gouvernement pour renforcer son contrôle et sa censure, son pays était tellement vaste et varié qu'il était impossible de résumer la situation. Chacun régissait selon le lieu où il vivait, son éducation, son métier, ses croyances. Personne ne pouvait rien y faire. Les cubes étaient toujours là. Mais l'inquiétude la plus féroce n'était pas qu'ils soient toujours là, mais que les gens en aient pris l'habitude. Un évènement aussi mémorable dans l'histoire de l'humanité aurait pu provoquer un gigantesque raz de marée social ou une interrogation collective sur le sens de nos destinées, car les cubes n'étaient pas destinés à une ethnie en particulier, ou une religion ou un groupe d'individus. Ils étaient destinés à l'être humain. Mais non, le contraire se produisit. Surprenants petits hommes ! Les plus altruistes des humains, les plus pacifistes avaient milité pour une réconciliation humaine collective. Bien mal les en avait pris ! On leur rit au nez, on les dénigra, on les oublia, et on reprit sa petite vie. Malgré tout, au-delà des cubes il était encore bien plus important d'avoir le dernier mobile, le dernier sac à main tendance, la plus grosse voiture et les plus belles photos d'enfants publiées sur Facebook, avec les plus belles photos des plus belles vacances, bien évidemment ! Avoir la plus belle vie, la plus parfaite aux yeux du monde. Sans une seule petite tache, et encore moins de couleur. Ça aurait pu être la plus grande des unions depuis la création de l'univers, un fantasmagorique bond en avant dans l'histoire de la psyché collective, dans l'inconscient collectif, mais ça aura été la plus belle fuite en avant et la plus grande des débâcles. Le déni est une sorte de solution c'est sûr. Mais là cela s'apparentait plus à de la lâcheté. Ou de la fainéantise.

Tao interrompit ses grandes divagations métaphysiques sur l'histoire de son monde au moment où la porte de l'ascenseur s'ouvrit et où il tomba nez-nez avec Moshe.

— Déjà là ? commença Tao l'air mi- en colère, mi- inquiet.

— Ça va, ne t'inquiète pas, je vais bien. Je vais très, très, très bien. Et toi ?

— C'est parce que tu vas très, très, très bien que tu as décidé de partir en Allemagne ? Parce que j'ai cru comprendre que c'était quand même un pays que toi et les tiens n'affectionnaient pas particulièrement !!

— C'est vraiment de l'humour à la con ça ! Mine de rien tu n'as pas tort. Bon écoute Tao, il est vraiment temps que je t'explique. Ce que je vais te raconter va te paraitre à la fois complètement irrationnel et pourtant parfaitement cohérent. Viens avec moi.

Moshé et Tao étaient partis s'attabler à une terrasse de café, le long d'une des plus grandes avenues de Casablanca, au pied de l'immeuble où Abdel avait ses bureaux.

— Tu as déjà entendu parler de Wewelsburg ? demanda Moshé.

— Oui si ma mémoire est bonne, tenta de se souvenir Tao, tu m'en avais parlé une fois alors que l'on était à la fac. C'est un château allemand en Bavière, je crois c'est ça ?

— Oui mais pas n'importe quel château Tao, pas n'importe quel château ! C'est Himmler lui-même qui l'a fait construire. Himmler, le chef suprême des SS, l'organisation nazie en charge de l'extermination des juifs en Europe. Celle qui a commencé par mener des expéditions de tueries massives jusqu'à mettre en place la solution finale et les camps. Et pas dans n'importe quel but. Que sais-tu du nazisme au juste, je ne parle pas de ce qu'ils ont fait mais de leur idéologie, ce qu'ils voulaient faire au monde plus précisément ?

— La race des aryens me semble-t-il. Ils partaient du principe qu'ils venaient d'une race pure et supérieure et qu'il fallait la préserver et donc tuer tous les tiens.

— Oui dans les grandes lignes c'est ça, mais si l'on s'y intéresse d'un peu plus près, ce que l'on trouve est encore bien plus terrifiant. Et ça on ne te l'enseigne pas dans les manuels scolaires. Avoir l'idée d'une race pure n'est pas très originale en soi, de tous temps les hommes ont joué avec ce concept, et les nettoyages ethniques récents le confirment encore malheureusement. Ce qu'il y a de plus inquiétant dans le nazisme, c'est sur quoi est fondée cette idée de race. Tu as le temps là ? Car il faut vraiment que je t'explique tout et ça risque de durer un peu.

— Moshé, tu es mon meilleur ami, que dis-je mon frère ! J'ai toujours été là pour toi, avec toi. Alors je ne sais pas trop où tu veux en venir avec des histoires sur les nazis mais je vais prendre le temps de t'écouter comme je le fais depuis 33 ans, depuis tes premiers balbutiements de petit bébé quand tu voulais me piquer mes voitures.

— C'est important, en plus ça a un lien avec les deux taches de couleur sur nos cubes. Pourpre pour le tien. Jaune pour le mien.

— Oh alors là tu m'intéresse ! En revanche une tache jaune pour toi ce n'est pas très original !

— Mais arrête avec ton putain d'humour noir toi ! conclu Moshé.

Les deux amis avaient chacun une tache de couleur sur leur cube, bien évidemment. Il fallait qu'il y en ait douze. Les deux s'en étaient rendus compte en comparant leurs cubes avec ceux de leurs amis mais n'arrivaient toujours pas à expliquer pourquoi eux. Moshe lui avait compris dès le début. Mais il était au courant de choses que

Tao ignorait. Des choses qui s'étaient passé en Allemagne, pendant la seconde guerre mondiale, à Wewelsburg. C'est pourquoi il fallait absolument lui expliquer maintenant. En revanche, aussi bien Moshé comprenait pour lui, autant il ne comprenait pas pour Tao. Une nuit il avait rêvé qu'il était Batman et Tao, Robin. Il s'était réveillé en sursaut et avait décidé d'arrêter impérativement les tisanes de plantes marocaines avant de se coucher. Peut-être que ces tisanes aident à s'endormir mais elles font faire de drôles de rêves aussi.

— Les racines du nazisme touchent plus à l'ésotérisme et à l'occultisme que toutes les théories scientifiques ou évolutionnistes sur la notion de race, expliqua Moshé. Je vais te l'expliquer avec nos mots à nous et non avec les phrases des manuels d'histoires. Le nazisme a été le plus grand trip collectif de l'histoire d'un peuple. Et qui a pris du temps, qui a commencé bien avant la seconde guerre mondiale. On peut situer le début à peu près à la fin du 19ème siècle. Une des plus anciennes idées remonte à Helena Blavatsky. Cette femme est née en Russie en 1831 et c'est la fondatrice de la Théosophie. Dès ses 18 ans elle a commencé à beaucoup voyager et durant 21 ans elle va parcourir le monde et une de ses expéditions va la mener au Tibet. Elle a rencontré nombres mages, sorciers et guérisseurs, et elle avait des crises, dirons-nous mystiques, oui c'est ça, mystiques. Au Tibet, vers 1870, elle perd un enfant de 5 ans dont elle était la tutrice. Ça lui a définitivement fait perdre la foi. Puis finalement, vers ses 40 ans, elle se pose à New York où elle va fonder la société de Théosophie avec le colonel Olcoot, un homme de loi franc-maçon.

— Stop ! Répliqua immédiatement Tao. L'Allemagne, les nazis, maintenant les francs-maçons, tu vas bientôt me parler des Illuminati de Bavière, et on va enchainer sur le Da Vinci Code c'est ça ?

Moshé était quoi. Tao était d'un pragmatisme historiquement incontestable mais là il atteignait des sommets.

— Non, je ne vais pas te parler des Illuminati car je n'en ai rien à foutre ! s'agaça Moshé. Je veux juste t'expliquer l'importance de Wewelsburg et de nos cubes. Blavatsky a donc fondé cette société de Théosophie. Je ne sais pas vraiment qui et comment était cette Helena. Elle devait avoir ses idées à elle, son chemin de vie, ses croyances et expériences. En soi elle n'a rien fait de mal, bien au contraire même je pense, sa société avait trois objectifs, comme former le noyau d'une Fraternité universelle de l'humanité, sans aucune distinction de race, de couleur ou de croyance ou bien encourager l'étude comparée des religions, sciences et philosophies, ce qui est louable en soi. Mais c'est le cheminement d'idées par la suite qui est dramatique, comment des malades ont récupéré ses idées en fait. Ce qui compte ici c'est l'idée, la doctrine. L'homme est un être de doctrine. Pour en revenir à Helena, elle a été beaucoup été décriée aussi, une partie de ses travaux portant sur les phénomènes paranormaux, parapsychiques et nombres de ses détracteurs l'ont accusé d'être une affabulatrice, une arnaqueuse voire une espionne russe. Bref, tu n'auras qu'à aller sur Google-est-mon-ami est te faire ton idée à son sujet. Elle avait quand même affirmé avoir découvert au Tibet dans des bibliothèques secrètes creusées dans la roche la trace de civilisations disparues, l'Atlantide et Hyperborea. Leurs habitants seraient jadis descendus sur Terre sur le Pôle Nord sous forme d'ombre des Dieux. Stonehenge et l'ile de Pâques par exemple étaient les traces de ces géants de l'Atlantide. Ces deniers auraient disparu à la suite de cataclysmes naturels et auraient migré à travers le monde pour fonder la race aryenne. C'est l'époque où les thèses de l'évolution de Darwin connaissent leur apogée tu vois, alors toutes ces notions de races, beaucoup ont adhéré. Un peu plus tard, un certain Guido Von List a fait des expéditions en Autriche. Dans les forêts, il a trouvé des blocs de pierre énormes, qui historiquement était destinés au culte de Wotan, culte que le Christianisme a fait disparaitre. C'était une sorte d'ancien rite païen, tu sais un peu comme les druides tout ça.

— Du paganisme en fait, renchérit Tao.

— Tu m'impressionneras toujours toi, souri Moshé.

Tao était l'œil extérieur qui observait et analysait les trois grandes religions monothéistes, à ce carrefour qu'était le Maroc. Il s'y connaissait plus en dogmes que n'importe qui.

— Pour Guido von List donc, repris Moshé, c'étaient les Atlantes qui avaient fait ces blocs. Ne me demande pas pourquoi c'était sa théorie. Le christianisme a effacé quasiment tous les cultes païens. D'ailleurs tu sais pourquoi on fête la naissance de Jésus le 25 décembre ?

— Tu la fêtes toi ? rigola Tao, qui avait cette faculté extraordinaire à détendre l'atmosphère même dans les moments les plus critiques.

— Non pas vraiment, répondit Moshé amusé. Les premiers chrétiens ne fêtaient pas la naissance du Christ. C'est pour contrer l'ascension des cultes solaires qu'ils ont imposé cette date proche du solstice d'hiver. Tu vois en gros ils ont pris toutes les anciennes fêtes païennes et les ont remplacées par des fêtes en rapport avec la Bible. Mais revenons à nos moutons. Pour Litz et remets toi bien dans le contexte émotionnel de l'époque, l'Allemagne avait déjà échoué une fois, la première guerre mondiale, le christianisme avait remplacé tous les cultes de ses ancêtres et dans l'inconscient collectif de son peuple trainait une envie de revanche, de renaitre de ses cendres. Pourquoi les grandioses opéra de Wagner sur les Walkyries, qu'Hitler aimait tant, le symbole romain de l'aigle, le rouge, le noir, comment ont-ils fait pour faire adhérer leur peuple à tout ça ? L'imaginaire d'un peuple est quelque chose qui lit tous les êtres humains entre eux, c'est le dénominateur commun, et quand tu mets le dois dessus, tu peux fédérer tout le monde en même temps. Je m'égare, excuse-moi. Donc List va fonder une société, la société Guido Von List et fonder une revue. Tu sais par qui a été influencé Litz ? Par Helena Blavatsky. Et tu sais qui a influencé Litz avec ses écrits par la suite ? Hitler ! L'idée de la race des atlantes s'est propagée de Blavatsky à Litz puis Hitler.

— Hum, je n'aime pas ça. Continue !

Malgré son humour, Tao commençait à prendre conscience que quelque chose de très sombre trainait dans la psyché humaine depuis bientôt cent-cinquante ans. Quelque chose sur la race, et que c'était moche. Il se mordit les lèvres et eue une mimique de dégout.

— Cette société que List fonda, poursuivit Moshé, connu un membre éminent à savoir le maire de Vienne, grand antisémite qui deviendra un modèle d'Hitler. Selon eux, les races inférieures proviennent de l'accouplement de demi-dieux nordiques avec des animaux. Il en trouve la preuve dans les bas-reliefs assyriens.

— La race juive ? Beurk je n'aime pas employer ce terme nazi.

— Entre autres oui.

— Mais pourquoi on ne nous apprend pas tout ça à l'école ? Moi personnellement je voyais Hitler plutôt comme un bon chrétien, on le voyait en photo avec des évêques non ?

— Ce que faisait les nazis n'avait rien de chrétien. Ils voulaient remplacer le culte chrétien par une religion qui aurait Hitler comme messie. Mais bon ça c'est un autre sujet. Dernier personnage sur la genèse de l'idéologie nazie, le baron Rudolf Von Sebottendorf. C'était un ingénieur allemand naturalisé Turc, qui est revenu en Allemagne vers 1913. Il était franc-maçon, pratiquait la numérologie, l'astrologie, l'alchimie et était adepte du soufisme, de la Théosophie et de l'Ordre des Germains. Et il a surtout fondé la société de Thulé. Et tu sais ce qu'est Thulé ? C'était selon leurs membres, la terre vestige d'un continent aujourd'hui disparu, Hyperborea.

— Là d'où viennent les ombres des dieux descendus sur terre, les aryens, c'est ça ?

— Oui tout à fait.

— Attends je suis sur Internet là, dit Tao en dégainant son portable à la vitesse de la lumière.

— Pourquoi, tu crois que j'invente là ou quoi ? s'offusqua Moshé.

— Non, non, c'est juste que ça me parait tellement énorme ! Ah oui, je cite « Diffusée à Munich, l'idéologie de cette société de Thulé prônait l'antisémitisme, l'antirépublicanisme, le paganisme et le racisme. Son symbole, la croix de Wotan, divinité pré-germanique, n'est pas sans rappeler la croix gammée[3] ».

— Tu fais bien de parler de cette croix gammée justement. Ce n'est pas une invention des nazis. Ils n'ont fait que reprendre un vieux symbole, le swastika.

— Oui je connais ça merci Moshé ! ironisa Tao. C'est originellement un symbole ancestral chinois pour représenter l'éternité. On le retrouve dans beaucoup de pays d'Asie, en Inde, en Afrique et même en Amérique du Sud, avant les mayas, à l'époque précolombienne.

— Bravo, total respect ! applaudi Moshé.

Et donc si je résume bien, Blavatsky trouve au Tibet, dans des bibliothèques secrètes, que les ombres des dieux, tel Wotan, sont

[3]https://fr.wikipedia.org/wiki/Société_Thulé

descendu sur terre et ont ainsi donné naissance au peuple divin des atlantes et d'Hyperborea. Elle y trouve également le swastika. Or List retrouve à son tour ce même symbole dans les forêts autrichiennes sur des pierre destinées au culte de ce même Wotan. Leur thèse est donc confirmée, les allemands et les autrichiens sont les descendants de ces peuples divins.

Moshé était admiratif de l'esprit de synthèse de Tao. Vu sous cet angle, c'est sûr que ça ne lui aurait pas pris plus de 3 minutes pour résumer une bonne cinquantaine d'année d'évolution de pensées qui ont amené à la plus grande guerre du monde.

— Bien, dit Moshé, donc maintenant que tu vois bien qu'il y a tout un contexte dirons-nous ésotérique à tout cela, laisse-moi te parler de Wewelsburg, car le lien est direct. À la suite de la société de Thulé et de son idéologie, les gars ont décidé de passer au niveau supérieur et de s'organiser politiquement pour propager leur pensée et ont fondé le parti national-socialiste allemand. Hitler prend le pouvoir et ensuite c'est la guerre. Mais il ne faut pas oublier un gars qui s'appelle Himmler et qui est le chef absolu des SS. Cet homme était littéralement tombé à fond dans toute cette affaire de race, d'aryen, et d'Hyperborea. Il a donc décidé de reprendre un ancien château en Bavière, le Wewelsburg, et d'en faire le centre occulte du nazisme, le grand temple de la SS, là où passaient tous les hommes les plus importants de l'ordre, pour y être formés. Pour cela, Himmler a entrepris d'importants travaux pour rénover et surtout agrandir ce château. Et c'est là que tu vois que ça devient complètement cinglé ! Le château a une forme triangulaire à la base, et avec les travaux d'agrandissements, en rajoutant une aile, Himmler voulait lui donner la forme d'une flèche, qui contrairement aux églises chrétiennes et leur orientation Est-Ouest, aurait cette fois une orientation Nord-Sud pour pointer vers la mythique Thulé, terre natale des aryens. On aurait pu ainsi voir la flèche depuis le ciel et Wewelsburg serait devenu un « Axus Mundi », un axe du monde.

— C'est passionnant ce que tu me racontes Moshé, mais je ne vois toujours pas le rapport avec nos petits cubes ! Et c'est là-dessus que tu m'avais branché à la base.

— J'y viens, j'y viens ! Mais il fallait bien que je t'explique le contexte auparavant car il est crucial. Il est une salle dans ce château, une salle que je ne voudrais jamais voir de toute mon existence. Une grande salle ronde avec un sol en marbre, de grandes ouvertures comme les fenêtres des châteaux forts et douze piliers. Les douze membres les plus influents de la SS se mettaient chacun sous un des piliers pour accomplir de sombres rituels. Au milieu sur le sol, il y a un soleil noir. Et je hais ce soleil noir ! Il ne t'est jamais arrivé Tao d'avoir des intuitions, des pressentiments, que ce soit positif ou négatif, mais l'impression de ressentir quelque chose d'inexplicable, un sentiment profond, fort et tenace qu'il y a quelque chose, que tu ne peux pas nommer ?

Tao était resté très perplexe par cette réflexion. Ça lui arrivait oui, mais il n'y avait jamais porté une grande attention. Sa grand-mère lui disait d'entretenir ce don mais Tao croyait que cela tenait plus de la superstition de bonnes-femmes qu'autre chose. Sa réflexion avait évolué avec le cube. Il avait du mal à l'admettre mais le fait que son cube et celui de son meilleur ami avaient chacun une tache avait égayé sa curiosité en même temps que faisait naitre en lui l'idée que ce n'était pas le fruit du hasard, qu'il devait y avoir une raison. Sept milliards de cubes qui apparaissent sur terre et juste deux avec des taches. Il fallait quand même se poser la question !

L'histoire que Moshé lui racontait avec les continents oubliés, des dieux descendus sur terre, il n'y croyait pas trop, c'étaient vraiment des légendes anciennes et en même temps, il se disait que le déluge de Noé et son arche et Adam et Eve étaient aussi des légendes anciennes mais comptaient encore des milliards d'adeptes. Ce qui compte peut-être le plus dans tout ça, c'est ce que l'on en fait de ces idées. Et les nazis en avaient fait quelque chose de très moche, ils avaient activé des parties sombres de la psyché collective. Et si cela était en train de revenir, il fallait peut-être faire quelque chose. Le ton de sa voix se fit plus doux, plus sérieux, moins ironique. Il répondit sereinement à Moshé, les yeux baissés vers le sol, le regard dans le vide, tripotant son briquet dans la main droite.

— Si Moshé, si, ça m'arrive, et de plus en plus même.

— Ce n'est pas la première fois que des cubes apparaissent Tao. La première fois qu'on en a vu un sur terre, c'était le 1er avril 1945. Un seul, mais identique aux sept milliards qui sont tombés du ciel il y a quelques semaines. Je ne sais quasiment rien de ce cube mais je sais qu'il existe, et que c'est peut-être et même certainement, le premier des cubes. Je sais qu'il est caché depuis tout ce temps dans le camp de concentration de Niderhagen. Et je sais tout ça car c'est tout simplement ma grand-mère qui l'a dissimulé là-bas et je suis la seule personne au monde à qui elle en a parlé. Toute ma vie j'ai cru qu'elle perdait un peu la tête, qu'elle avait dû voir des choses qui l'avaient profondément traumatisé quand elle était prisonnière mais quand les cubes sont apparus, ça a été mon premier réflexe que de repenser à cette histoire qu'elle me racontait tout le temps, tous les 1ᵉʳs janviers. En stipulant toujours qu'il ne devait jamais être retrouvé.

— J'aimais bien ta grand-mère, j'adorais ses strudels, mais je ne comprends pas pourquoi tu m'as fait tout un speech sur l'idéologie nazie et Wewelsburg. Tu aurais pu me parler directement de ta regretté mamie et du cube de Niederhagen.

— Le camp de Niedehagen était le camp de la mort le plus proche de Wewelsburg. Himmler faisait employer les détenus du camp aux travaux d'agrandissement du château.

— Ah merde ! Donc ta grand-mère a bossé sur ce chantier ?

— Oui !

— Mais, comme le disais ta grand-mère, si ce cube ne doit jamais être retrouvé, s'il est si dangereux, pourquoi l'avoir laissé en Allemagne dans un camp ? Ta grand-mère aurait pu le prendre avec elle et le ramener au Maroc ou en Israël même, pour être sûr que les nazis ou leurs descendants ne le retrouve pas.

— C'est le dernier endroit au monde où quelqu'un irait creuser. La planque idéale ! Personne n'ira jamais toucher à un camp de concentration, ce sont des sortes de musées inviolables maintenant. Si elle l'avait gardée avec elle, elle aurait eu peur pour elle et les siens le restant de ses jours. Tout ce que je sais c'est qu'il faut que j'aille vérifier. Et donc je pars demain. Je sais que si je n'y vais pas, je vais perdre la seule occasion de ma vie de trouver une réponse.

— Tu veux donc faire quoi Moshé ? Tenter de comprendre ce que sont ces cubes ? Récupérer le cube originel ? Sauver le monde ? Tu crois que tu vas trouver quoi là-bas ?

— Et qu'est-ce que tu veux que je fasse d'autre ? Que j'oublie ? La dernière fois que l'humanité a connu la plus grande des guerres de son histoire, un cube est apparu. Et aujourd'hui y'en a sept milliards, alors oui je suis très inquiet. Je ne sais pas ce que je vais trouver là-bas, je ne sais même pas s'il y est encore, mais je sais aussi que je ne me pardonnerai jamais si je ne fais rien maintenant.

Le silence s'installa entre les deux compagnons. Tao pris son temps, réfléchis.

— Tu sais chez nous, commença Tao, tout est une question d'équilibre, le blanc, le noir, le bien, le mal, le yin et le yang. C'est un cercle où les deux couleurs s'entremêlent avec un point blanc dans le noir et un point noir dans le blanc. Alors si ça devient tout noir, comme la salle du château de Wewelsburg avec son soleil noir, ce n'est pas bon, pas bon du tout.

Tao marqua une pause réfléchie et reprit.

— Donc tu es en train de me dire que je vais partir dans un camp de concentration, à côté du grand temple de la SS, sur leurs terres en Bavière, à la recherche d'un cube super dangereux et en compagnie d'un hébreu ? Tu n'avais pas un plan genre les Bahamas ou autre ?

Moshé éclata de rire. Il n'osait se l'avouer mais il espérait bien que Tao l'accompagne. Un petit juif tout seul dans les couloirs sombres d'un château occulte nazi, c'était franchement moyen.

— C'est vrai, je te l'accorde il y a mieux comme proposition de voyage.

— Tu me sidéreras toujours par ta créativité. Bien allons y « Indie » !!

— Pourquoi « Indie » ??

— Comme Indiana Jones qui poursuit les méchants nazis mystiques qui ont volé l'arche d'alliance ! On ne va pas faire la même chose non ? se moqua Tao.

Moshé, stimulé par l'optimisme sans faille de Tao clôtura d'une dernière boutade.

— Oui exact, et après on ira chercher la lance du destin, tu fais bien de m'y faire penser.

Les deux se levèrent et commencèrent leur périple.

Partie II - Petits chemins

Chapitre 7 - Oh ! Un nouveau copain.

Abdel venait de déposer son co-investisseur et néanmoins ami Tao ainsi que son vieux frère Moshé à l'aéroport de Casablanca. Les deux en partance pour l'Allemagne. A l'idée de repartir dans l'autre sens et affronter la circulation de cette fin d'après-midi, Abdel eu plutôt envie de marquer une pause et de prendre un café. Et puis il aimait prendre le temps de vivre parfois. Juste se poser et regarder, respirer. Quand on y prête attention, un aéroport est une intersection. Le monde entier défile sous vos yeux. Abdel aimait regarder le panneau qui indiquait les vols en provenance et à destination, tout en imaginant quel vol il pourrait prendre pour une destination paradisiaque. Ça faisait rêver ! Il aimait regarder les gens franchir la porte de sécurité avec leurs valises et tenter de deviner d'où ils venaient. Il aimait aussi voir les yeux s'éclairer à la vue d'un parent proche qu'on n'a pas vu depuis longtemps. Ces scènes se faisaient de plus en plus fréquentes depuis quelques temps. Il passa une bonne demi-heure attablé au café de l'aéroport, en face du hall des arrivées.

Ce touriste l'interpellait. Grand, les cheveux longs attachés en queue de cheval, un chapeau d'explorateur avec des lanières qui pendait dans son dos. Droit, statique, il regardait un panneau et semblait littéralement anéanti. Le touriste tourna le regard, vit Abdel et s'adressa à lui.

— Bonjour Monsieur, excusez-moi de vous déranger mais je me sens complètement perdu. Est-ce que vous pourriez me renseigner s'il-vous-plait ?

— Oui bien sûr, ou voulez-vous aller ?

— En fait, je voudrais aller à la gare de Casablanca pour ensuite monter à Tanger mais je ne sais pas où elle se trouve.

— Il y a un escalator, juste là, répondit Abdel en indiquant la droite avec sa main. Vous le prenez, vous descendez, c'est le train en fait, il va vous emmenez directement à la gare de Casa et là vous pourrez changer et prendre un train pour Tanger.

— Ah merci beaucoup, c'est très aimable. Bonne journée Monsieur, au revoir.

— Y'a pas de quoi, bonne journée à vous aussi, au revoir. Et qu'allez-vous faire de beau à Tanger, du tourisme ?

Abdel ne sut même pas pourquoi il avait posé cette question. Ce n'était pas son genre habituellement.

— En fait non je ne fais que transiter, je voulais aller au Portugal mais il n'y avait plus de place depuis le Brésil d'où je viens. Alors je me suis dit que j'allais passer par le Maroc et remonter ensuite en bateau.

— Ah c'est marrant ça ! J'ai justement mon amie, enfin ma petite amie, qui est actuellement au Portugal. Elle descend me rejoindre, elle non plus elle n'a pas trouvé de vols. C'est terrible quand même ce qu'il se passe ! Elle doit être sur la route là logiquement et arriver demain ou après-demain.

Jésus et Abdel se regardaient de manière bizarre, ils étaient comme hypnotisés l'un par l'autre ou attirés ou un mélange des deux peut être. Tout leur disait de ne pas repartir chacun de leur côté, qu'il y avait quelque chose à creuser. Ils restèrent silencieux à se regarder, non méfiants mais curieux et interrogatifs. Pas l'impression de s'être déjà rencontrés ou de s'être connu dans des vies antérieures. Non juste qu'ils ne devaient pas se quitter.

Après le premier pas de Jésus, ce fut au tour d'Abdel d'en faire un.

— J'allais justement repartir dans le centre de Casa. Si vous voulez je peux vous déposer, ce sera plus confortable que par le train, ils sont bondés à cette heure-là, et puis vous me parlerez un peu du Portugal.

C'était la légendaire hospitalité marocaine ! Si vous demandez à quelqu'un dans le monde qui est déjà allé au Maroc et ce qu'il en a pensé, il vous répondra en premier : « Qu'est-ce qu'ils sont gentils et accueillant ! » Et c'est bien vrai ! Jésus, quoiqu'un peu déconcerté par une proposition si spontanée mais néanmoins fortement appréciable, répondit par l'affirmative. Après tout pourquoi pas ? La solitude de sa petite équipe isolée dans la jungle amazonienne lui donnait souvent l'envie d'entrer en contact avec d'autres personnes. Et Jésus était de ces individus plutôt confiants dans la nature humaine. Même s'il travaillait dans le pétrole !

Dans la voiture, la conversation tournait autour du Maroc et du Brésil, la richesse de leurs paysages respectifs, de leurs cultures, puis de manière un peu plus intime, de leurs vies respectives, leurs gouts, leurs familles. Jésus en profita pour découvrir le panorama marocain pour la première fois de sa vie. Dès sa sortie de l'aéroport il avait été happé par le souffle chaud de l'Afrique. Les palmiers, les bougainvilliers et eucalyptus lui faisait penser à ses contrées, que ce soit le Brésil, si loin, ou le Portugal, si proche. Le long de la route il constata avec peine la sécheresse meurtrière. L'herbe était brulée, jaune et sèche, de la paille. Quelques moutons tentaient de brouter ce qu'il en restait. La poussière volait de partout et recouvrait tout. A l'entrée de la ville, les champs laissèrent place aux panneaux publicitaires louant les plus grandes marques. Des enseignes internationales d'ameublement, de bricolage et autres avaient ouverts de grands magasins à la périphérie de la cité, qui lui donnait l'apparence d'une ville moderne à l'européenne.

— Comment tu t'appelles au fait ? demanda Abdel. Moi, c'est Abdel. On…on peut se tutoyer ?

— Oui, bien sûr, sans soucis. Je m'appelle Jésus.

Abdel fut quelque peu surpris.

— C'est vrai ? C'est génial ! J'adore ce prénom.

— Merci c'est gentil, mais en même temps on doit être trois millions à s'appeler Jésus au Portugal. Et en plus j'ai trente-trois ans !

Cette fois Abdel ne put contenir un éclat de rire.

— Et bien on va dire que j'ai pris le Messie en stop, c'est plutôt cool ! Moi aussi j'ai trente-trois ans.

Sur la route, un panneau publicitaire fit tressaillir d'effroi Jésus.

— C'est quoi ça ? Le panneau publicitaire là ?

— Ça c'est une pub pour le pèlerinage à La Mecque.

— Et c'est quoi ce grand cube tout noir ? continua Jésus

— La maison de Dieu.

Jésus regarda Abdel l'air inquiet. Abdel comprit immédiatement le sens de sa réaction. Après un bref silence gêné et pesant, il répondit tout aussi gêné, presqu'en s'excusant.

— Tu sais ce n'est pas nous les cubes. On en a tous reçu aussi.

— Non, non, je n'ai pas dit que c'était vous, n'interprète pas mal ma réaction. C'est juste que je me demande s'il y a un lien, vous en avez un grand, vraiment très grand quand même.

— On en est tous au même point, on se pose tous cette question. Et personne n'a la réponse.

— Et les vôtres sont semblables aux nôtres ?

— Oui en tous points. Enfin presque…

— Comment ça enfin presque ?

— Non rien ne t'inquiète pas l'ami, ne t'inquiète pas Jésus !

La voix soudainement enjouée d'Abdel tentait de faire diversion. Il ne voulait pas faire paniquer son passager en lui mentionnant que son cube avait une tache de couleur. Jésus, qui se sentait si seul avec son petit cube et sa petite tache dans sa petite vie si solitaire se dit qu'il n'avait pas grand-chose à perdre et sorti son petit objet de son sac à dos.

— Parce que le mien il est un peu bizarre quand même, dit Jésus. Je ne sais pas pourquoi il a cette espèce de petite tache de couleur qui ne veut pas partir dessus.

Abdel pila et manqua de rentrer dans la voiture devant lui.

— Oh putain ! lâcha Abdel.

— Ça va, panique pas, c'est juste une tache de couleur, répondit Jésus quelque peu décontenancé par la réaction disproportionnée d'Abdel.

Abdel décida de se garer sur le bas-côté afin de ne pas provoquer un accident. Il sortit son cube de la poche de sa veste, le montra à Jésus et en le fixant, lui posa une question qui allait définitivement changer le cours de plusieurs existences.

— Je ne connais que trois personnes sur sept milliards qui ont une tache de couleur sur leur cube. Moi, ma chérie, et sa meilleure amie. Tu es qui toi ?

Jésus ne sut quoi répondre car son sentiment premier fut l'apaisement. Il n'était plus seul. Ils étaient quatre.

— Déjà, je suis content, dit Jésus. Je suis vraiment content de t'avoir trouvé comme ça par hasard et je me sens beaucoup moins seul car j'avais vraiment l'impression d'être un cas isolé sur cette planète avec ce cube taché.

— Par hasard ??? Je ne sais pas vraiment si l'on peut continuer à parler de hasard dans ces circonstances. Mais moi aussi je suis content, clôtura Abdel en souriant.

Chapitre 8 - Obrigado

Moite, moite, moite. Alexandra était toute moite dans sa voiture et elle détestait ça. Son débardeur kaki lui collait à la peau et le plus léger de ses shorts lui tenait quand même chaud. Et cette saleté de clim tombée en panne.

Je vais décéder de chaud et finir dans un sachet de soupe lyophilisée, pensa-t-elle.

La route était longue depuis Paris mais allez tenter d'arrêter une femme amoureuse ! Même avec Godzilla, Palpatine, Sauron, et Voldemort à chaque carrefour, elle l'aurait quand même prise cette fichue route pour rejoindre son amour ! Le sud du Portugal n'était plus très loin. Ensuite la mer et le Maroc. Elle tenait le bon bout. Elle venait de passer ce village nommé Fatima dont tout le monde parlait depuis des années mais encore plus depuis l'apparition des cubes. Le flot des pèlerins avait obligé la police à faire des déviations sur les axes secondaires. Cela l'avait ralenti quelque peu mais pas trop non plus. Et elle avait le plus grand respect du monde pour ces pèlerins, même s'ils l'avaient obligé à être reléguée sur une route moins agréable à arpenter.

Néanmoins, elle n'était pas seule sur la route, contrairement à ce qu'Abdel pouvait penser. Depuis le sud de la France elle ne croisait quasiment que des voitures chargées de valises, malles et cabas en plastiques harnachés sur les toits des voitures. Plusieurs générations se côtoyaient dans les véhicules. Mais ce qui la frappa le plus dans cet exode d'un nouveau genre, c'était la sérénité qui s'en dégageait et les sourires. Il arrivait que plusieurs voitures se suivent pendant des heures. Certains faisaient des haltes et en profitaient alors pour faire connaissance. On retrouvait le reste du convoi par la suite. Certaines des voitures avaient même emprunté le même itinéraire qu'Alexandra depuis la Loire. Ah enfin les gens se parlaient et se rassemblaient, c'était peut-être le seul point positif de ces fichus cubes ! On savait que les frontières seraient bientôt fermées alors tout le monde se dépêchait. En Europe, où les débats sur l'immigration et la montée de l'extrême droite, allaient grandissant, l'apparition des cubes fut du pain béni pour justifier toutes les politiques sécuritaires. Un état policier, quelle horreur !

C'était ça que voulait fuir Alexandra. Elle sentait depuis le premier jour que tout ce qu'on lui avait appris à l'école était en train de mourir. Aux chiottes la Liberté, vive la sécurité ! A bas l'égalité et la fraternité, Dieu bénisse les droits des hommes blancs et les castes !

Le bruit fut énorme. Un accident un peu plus loin sur la route. Heureusement, que de la tôle froissée mais la circulation fut interrompue. Toutes les voitures se rangeaient patiemment sur le côté et les passagers descendaient des véhicules pour jeter un coup d'œil ou filer un coup de main. Alexandra était sortie du véhicule et se tenait debout, entre l'habitacle et sa portière, la main gauche appuyée sur cette dernière, quand elle sembla apercevoir une vieille connaissance qui faisait de même un peu plus loin. Alexandra décida d'aller à sa rencontre pour en être sure.

Elle ferma la portière de sa voiture et la laissa en plein milieu de la route, la circulation n'allant pas reprendre tout de suite. Elle avait du mal à le croire. Lui, ici ?

Tout le long de la route Alexandra passait devant une multitude de gens. Elle était arrivée au niveau de l'accident. Un de ses plus vieux ami était bloqué en face, de l'autre côté du carambolage. Elle tenta d'attirer son attention par un signe de la main mais il ne la vit pas. Elle retenta mais toujours pas de réaction. Alors elle cria :

— Omar ! Omar !

Omar l'aperçu enfin. Il ouvrit grand les yeux et souris.

— Non, ce n'est pas vrai…Alex !!

Il s'avança également à sa rencontre, une centaine de mètres les séparait.

Alexandra se dit qu'il n'avait pas changé. Toujours aussi grand et l'allure sympathique. Surtout ce sourire ! Ils se sautèrent dans les bras, rirent, sourirent et se ressautèrent dans les bras. Ça faisait tellement longtemps qu'ils ne s'étaient pas vus, depuis qu'Omar était parti tenter sa chance à Hollywood. Eux qui avaient passé les plus belles années de leur vie ensemble à l'université, entre parties de belotes, manifestations syndicales et fêtes débridée du Bureau Des Elèves.

— Mais que fais-tu ici mon Alexou ? demanda Omar.

— Je descends au Maroc pour retrouver Abdel.

— Abdel ? Ouah ! Génial ça ! Toujours très éprise à ce que je vois. Tu n'as pas pu prendre l'avion ? Trop blindé ?

— Pas une place ! Ecoute c'est l'horreur en Europe, je n'ai même pas envie d'en parler. Et toi qu'est-ce que tu fais là ? En plein milieu du Portugal ? C'est quoi ce délire ? Tu vas où ?

— Ah moi, il m'arrive des trucs de dingues, ma chérie. Vient que je te présente à la confrérie des gens aux cubes de couleur, dit-il en prenant Alexandra par la main.

Mais sa remarque la fit stopper net.

— Comment ça des cubes de couleur ? questionna-t-elle.

L'air profondément inquiet d'Alexandra interpella Omar. Il se demanda si sa spontanéité ne lui avais pas fait dire une bêtise, peut-être n'aurais-t-il pas dû lui en parler.

— Moi, j'ai un cube pas de couleur, mais un cube avec une tache de couleur dessus ! repris Alexandra.

Kristen voyait Omar tenir par la main une jeune femme blonde sur la route. Ils avaient l'air de se connaitre, ils s'étaient serrés dans les bras et embrassés. Autant aller voir qui c'était. Avec une petite pointe de jalousie quand même. C'était Son Omar après tout !

— Bonjour, je m'appelle Kristen, dit-elle en tendant la main à Alexandra. Quelque chose ne va pas ?

L'air inquiet de son ami et de cette jeune femme blonde la troublèrent. Alexandra et Omar se retrouvèrent vers Kristen. Omar déboussolé, tenta de reprendre ses esprits.

— Voici Alexou, pardon Alexandra, une vieille amie d'université. Excusez-moi, mais on va quand même éluder les politesses d'usage parce que je commence à paniquer là. Alexou a un cube avec une tache de couleur aussi Kristen.

Kristen dévisagea Alexandra.

— Et qu'est-ce qu'elle fait là ? Venez, faut qu'on en parle aux autres.

Ils se dirigèrent tous trois vers la voiture des américains. Après des brèves présentations par Omar, ils rentrèrent dans le vif du sujet. Jeremy commença.

— Bien, donc si je résume la situation, déjà on n'est pas les seuls. Point positif. Cela n'a donc rien à voir avec notre cours de Yoga.

— Non, vous n'êtes pas tous seuls, ajouta Alexandra. Outre le mien, il y a également celui d'une amie, Angela, de même que celui de mon amoureux, Abdel à Casablanca. C'est pour ça que je suis sur la route pour le rejoindre justement. On est sept en tout à avoir des cubes comme ça !

— Et elle n'a pas pris l'avion car elle n'a pas trouvé une seule place, rajouta Omar. Alors elle a décidé de prendre sa voiture et de traverser trois pays pour le rejoindre. Et il a fallu qu'on se rencontre ici ? A cause d'un putain d'accident. Il n'aurait pas eu lieu, ça se trouve on se seraient juste croisés sur la route sans se calculer. Statiquement, y'avait combien de chance pour qu'on tombe sur elle ici ?

— A vingt bornes de Fatima ? demanda Jeremy l'air ironique. Oh à peu près une sur 200 milliards ! C'est très bien ajusté tout ça.

— C'est pour ça qu'on devait venir ici ! s'exclama Shakti. Ce n'était ni pour Fatima, ni pour mon festival. C'était pour elle, c'était pour toi Alexandra !

Shakti soupira de soulagement d'avoir un minuscule bout de réponse, et souris de plus belle tout en prenant Alexandra dans ses bras. Cette dernière fut très heureuse de cette marque d'affection après plusieurs jours toute seule. Elle accrocha tout de suite avec Shakti, admirative de sa grâce et de sa sérénité, développant immédiatement un sentiment d'être des compagnes de route. Kristen en revanche, se sentit très menacée par Alexandra. Voleuse de vedette !

— Donc tu as une tache de couleur sur ton cube c'est ça ? coupa-t-elle sèchement. Bah vas-y. Fais voir.

Alexandra s'exécuta. Et tout le monde sortit son cube en écho. Ils formaient un cercle quand le téléphone d'Alexandra retentit.

— Oh c'est mon amoureux, attendez il faut que je réponde.

— Alex, ça va tu es où ? demanda Abdel

— Je suis sur la route au Portugal, je suis plus très loin. Tu ne vas jamais deviner ce qui m'arrive.

— Toi non plus tu ne vas pas me croire. Je suis aussi sur la route j'ai emmené mon ami Tao à l'aéroport et là je suis tombé par hasard sur un type, un brésilien, tu m'entends Alex ?

— Très mal, ça n'arrête pas de couper.

— J'ai rencontré quelqu'un avec un cube de couleur !! cria-t-il.

Alexandra se raidit.

— Quand ça ? questionna-t-elle.

— Là, à l'instant !!

Alexandra se retourna vers ceux qui allaient devenir ses nouveaux compagnons de route.

— Mon chéri a aussi trouvé quelqu'un avec un cube de couleur à l'instant. Un brésilien. On est huit maintenant !

Personne ne savait que dire. Alors Shakti, n'ayant jamais supporté les silences entres les âmes, lança le débat.

— Alors allons-y !

Après tout qu'est ce qui pouvaient les retenir ou leur faire prendre une autre route ? Shakti n'avait plus du tout envie d'aller au Festival, elle voulait suivre cette femme au Maroc, plus que tout. Dût-elle le faire à pied ! C'était elle sa destinée. Et que voulait dire ce festival face à cette si merveilleuse coïncidence ? Non pas une coïncidence, une synchronicité, elle aimait ce concept de Jung.

Omar avait le même avis. Il voulait initialement profiter du Portugal avant de rentrer voir les siens en France mais entre-temps ces derniers avaient décidé de faire partie de ces convois de voiture qui descendaient vers l'Afrique. Alors l'Afrique oui !

Jeremy venait d'abandonner l'idée d'un pèlerinage à Fatima. Cette vieille apparition maritale ne voulait pas de lui, elle l'avait juste mis sur la route d'Alex. Et il voulait vraiment savoir qui étaient ces gens qui comme lui s'étaient retrouvés gratifiés d'un cube différent.

— Demande lui comment il s'appelle le brésilien ? suggéra Jeremy à Alexandra.

Alexandra repris le combiné.

— Jésus, il s'appelle Jésus.

— Ok ! Bah là, c'est bon, je n'ai plus le choix. Ça fait beaucoup quand même ! Direction Casablanca !

Mais cela n'inspirait rien de bon à Kristen qui plia néanmoins devant la majorité. Elle ne voulait pas du tout aller dans un pays musulman.

Chapitre 9 - Bière et bretzels

Angela n'aimait pas cet endroit, pas du tout, mais alors pas du tout du tout du tout ! En même temps qui aime les camps de concentration ? Ah oui son grand-père aimait ça mais elle préférait l'oublier. De toutes les façons, elle ne l'avait pas connu, il avait été tué par les américains le 2 avril 1945 quand les alliés vinrent libérer le camp de concentration de Niederhagen. Tout du moins, c'est ce qu'on lui avait raconté dans sa jeunesse. Il en était l'un des responsables. C'était lui qui envoyait les prisonniers du camp au château d'à côté, le Wewelsburg, pour les gigantesques travaux d'agrandissement décidés par Himmler. Angela n'aimait pas ce château non plus et avait poliment décliné la proposition de l'hôtesse d'accueil de l'office du tourisme d'aller le visiter. En plus elle avait déjà pris du retard à cause de cette panne de feux tricolores qui avait causé un embouteillage monstre à l'entrée de la ville. Une heure de retard pour rien !

Angela, bottes bière cuir, jean, veste de cuir et petit foulard à fleur autour du cou, passait vraiment pour une touriste. Elle avait même pris soin d'acheter la carte du camp et de prendre des dépliants. Elle feignait de s'intéresser à ce que racontait le guide de la visite sur les baraquements, les fours crématoires alors qu'elle savait très bien où elle devait aller. Une fois le groupe de visiteurs dispersé, elle prit son temp pour errer dans le camp afin de faire oublier sa présence. Il faisait chaud dans le centre des terres allemandes à cette époque de l'année. Elle enleva sa veste et l'attacha autour de sa taille. Elle continuait, continuait et ne savait comment elle allait faire pour récupérer ce fichu cube. Était-il même encore là ? Après ce demi-siècle. En même temps, qui seraient allé voir sous les toilettes d'un camp de la mort. Il n'y avait que deux femmes au courant de sa cachette. Sa grand-mère et la jeune prisonnière juive qui l'avais caché ici. Qu'était-elle devenue ? Aucune idée. Elle devait être morte aujourd'hui. Certainement qu'elle l'avait récupéré à la fin de la guerre ou que le Mossad était passé par là depuis. Mais elle n'avait que cet endroit comme point de départ ou peut être d'arrivée. Et puis elle, elle savait toute l'horreur idéologique qu'il y avait derrière le nazisme. Toutes ces légendes stupides d'Hyperborée, de races supérieures, pourquoi pas les ovnis tant qu'on y est ! Mais quand on voit les ravages que peuvent faire les idées. Alors avec l'apparition de ces cubes, il fallait bien retrouver le premier d'entre eux. On ne sait jamais, peut-être les deux femmes n'avaient pas dérogé à leurs promesses de faire en sorte qu'il ne soit jamais retrouvé.

Oh et puis flute j'y vais. Au pire je vais me faire chiper en train de fouiner dans des bâtisses. Je vais me faire gronder et puis voilà. J'aurais l'air d'une idiote mais tant pis, pensa-t-elle.

Angela en avait réellement marre de trainer dans cet endroit. Ce sont les endroits avec les atmosphères les plus malsaines de l'univers. Répandez le sang d'un peuple sur la terre, abreuvez-en la, sacrifiez ses enfants, torturez… et il ne pouvait en rester que des choses sombres, très sombres. Même la terre devait avoir du mal à se remettre de cela. C'était à cause de son histoire personnelle, plus précisément de celle de sa famille, qu'elle avait choisi de devenir psychanalyste. Pour comprendre comment et pourquoi tout son peuple avait sombré dans la barbarie la plus totale. Comment rassembler tout un peuple et le faire adhérer à l'idée la plus inhumaine : Viens, allons tuer un autre peuple ! Et le pire dans tout ça c'est que l'histoire se répétait encore et encore, en Bosnie, au Rwanda…

Angela se dirigea vers le baraquement des sanitaires. Elle savait très précisément où était le cube. La dernière toilette au fond à droite. D'un pas rapide et déterminé, elle monta les 3 marches du perron et ouvrit quasiment violemment la porte, décidée à en finir au plus vite. Et tomba nez-à-nez avec un homme de type asiatique. Qui fut tout aussi surpris.

Tao avait l'air très bizarre, tout seul, en plein milieu de toilettes, de profil avec 2 gants de plastique roses aux mains. Les gants n'étaient d'aucune utilité car bien évidement les toilettes n'avaient pas été utilisés depuis plus de cinquante ans mais Tao était légèrement maniaque dans sa vie privée comme dans sa vie professionnelle. Il répondit spontanément à la jeune femme blonde qui venait d'ouvrir la porte

— C'est occupé !

Moshé arriva au même moment derrière Angela, des gants roses également aux mains.

— C'est bon j'ai retrouvé l'autre paire, lança-t-il à Tao, tout en enfilant et regardant ses gants.

Il leva les yeux et vit Angela désormais cernée par deux hommes aux mains roses. Tout le monde se regarda et décida d'improviser à sa manière. Moshé lança les hostilités.

— Ah désolée Madame, mais nous sommes les services de maintenance et nous sommes en train de vérifier que les installations tiennent bien le coup, les termites vous savez tout ça…Vous voudrez bien revenir un peu après s'il vous plait.

— Euh oui bien sûr, excusez-moi, répliqua Angela très déconcertée.

Elle recula et sortit du bâtiment mais décida de rester à coté quand même. Elle se cacha derrière le baraquement. Une maintenance ne pouvait pas durer trop longtemps. Et si jamais ils trouvaient le cube ? Angela se sentait bête. Bien sûr que les gens en charge de l'entretien devaient avoir trouvé le cube depuis le temps ! Elle était quasiment prête à repartir quand elle entendit les voix des deux soi-disant techniciens.

— Donc il est où ? demanda Tao.

— Normalement sous les chiottes d'extrême droite.

— C'est une blague ?

— Non pourquoi ? questionna Moshe qui n'avait pas compris le sens de l'humour de Tao.

— Bon ce n'est pas grave allons-y, je démonte tout alors ?

— Oui, oui, vas-y, je fais le gué, dit Moshé en se dirigeant vers la fenêtre.

Angela était en panique. Ils cherchaient quelque chose sous le WC de droite et c'était là qu'elle devait chercher aussi. C'était donc pour ça que son instinct l'avait conduit ici. Pour les empêcher de le retrouver ! Merci Mamie !! Et merde ! S'il n'y avait pas eu cette panne de feu, elle serait déjà arrivée, aurait récupéré ce fichu cube et serait en route vers de meilleures hospices ! Maintenant il fallait affronter ces deux gars. Mais comment faire toute seule ?

Réfléchis, improvise, non réfléchis, ...ou improvise, cogitait Angela. *Bon improvise.* Et elle s'élança.

Au moment où elle manqua de défoncer la porte par tant d'enthousiasme, elle prit conscience qu'ils étaient potentiellement dangereux voir armés, ce qui donna finalement une magnifique scène, avec une jeune femme blonde qui ouvre brutalement une porte, puis reste pétrifiée en souriant.

Moshe et Tao restèrent également très surpris par cette magnifique entrée en scène, se demandant en leur intérieur, ce qui pouvais motiver une telle volonté de visiter ce lieu, des toilettes. Mais ils n'eurent pas le temps d'ouvrir la bouche qu'Angela leur sauta dessus. Elle avait roulé sa carte touristique en une sorte de gourdin et tapait très fort sur Tao en même temps qu'elle hurlait des insanités en allemand. Quand on ne fait pas 1M90 et 100 kg, l'effet de surpris est une arme non négligeable.

— Eh mais qu'est-ce que vous faites ? cria Moshé en essayant de maintenir Angela qui se débattait très bien en vociférant et en les frappant à tour de rôle avec sa carte.

Alors les deux compères violemment agressés employèrent une de leurs vieilles ruses de judoka et lui sautèrent tout simplement dessus en même temps. Angela tomba sur le sol avec Tao et Moshe, chacun essayant de maintenir les bras et les jambes.

— Non toi tu fais les jambes et moi les bras, invectiva Moshé.

— D'accord, vociféra Tao en s'exécutant.

Angela était maitrisée et essoufflée. Moshé tenta de comprendre.

— Mais qu'est-ce qui vous arrive, qu'est-ce qu'on vous a fait ?

— Vous ne l'aurez pas ! cria-t-elle.

Moshe et Tao se regardèrent, abasourdis.

— Comment elle sait ? demanda Tao à Moshé. Tu m'avais dit que personne d'autre ne savait !

— J'en ai aucune idée !!

— Vous ne l'aurez pas, vous ne l'aurez pas, continuait Angela tout en essayant de se débattre.

— On en fait quoi maintenant, on la tue ? s'interrogea Tao

— Quoi ??? hurlèrent simultanément Angela et Moshé.

— Bah je ne sais pas moi. Je n'ai pas d'idées là tout de suite !!

Et sa phrase prit fin avec le magistral coup de tête qu'il assena à Angela et qui l'assomma définitivement. Moshé en resta le bec grand ouvert mais il ferma la bouche et se releva dès qu'il entendit quelqu'un arriver. Un des employés du camp, alarmé par les cris, venait juste d'ouvrir la porte et tombât nez à nez avec deux hommes et une pauvre femme à terre. L'air hébété, il allait ouvrir la bouche pour crier et appeler à l'aide quand Tao se releva à la vitesse de la lumière et assena son deuxième coup de tête en l'espace de quelques minutes. Le gardien tomba à la renverse. Cette fois Tao porta la main à son nez qui commençait à saigner.

— Eh mais c'est bon arrête là !!! cria Moshé.

— Vas-y prends le cube, prends le cube, je gère.

— Quoi ??

— J'ai dit PRENDS ce putain de cube !! lui ordonna Tao.

Moshé comprit qu'il n'y avait plus grand-chose à faire. Il démonta l'installation ou plutôt la brisa à coup de bottes. Tao le rejoignit et s'y mis aussi. Sous les planches brisées, de la terre. Il fallait creuser mais ils n'avaient rien avec eux. Ils commencèrent alors naturellement avec leurs mains.

— Eh mais qu'est-ce qu'il se passe là-bas ?? Hans, Hans ???

Un des autres gardiens, ne voyant pas son collègue revenir, était parti à sa recherche. Il commençait à courir vers le baraquement. Angela émergea au même moment et vis le garde étalé à ses côtés et les deux imposteurs en train de creuser. Elle se jeta sur eux. Moshé, en panique totale à cause de ce deuxième gardien qui se rapprochait à toute vitesse et la jeune brune en train de le taper, hurla à son tour de tout son cœur.

— Personne ne doit retrouver ce cube d'accord ! Personne !

Il avait réussi à attraper et tenait les deux mains d'Angela pour l'empêcher de le taper. Agenouillés tous les deux, ils se regardèrent sans parler. Moshé avait l'air quelque peu suppliant. Angela ne savait que penser. Ces mots elles les avaient déjà entendus. Il avait l'air sincère ce jeune homme. Elle tourna la tête et vis le garde en train d'arriver. De toutes les façons, elle n'avait pas trop le choix, elle n'allait pas réussir toute seule à se débarrasser d'eux deux, ils n'allaient pas non plus se débarrasser d'elle, dût-elle les poursuivre jusqu'en Antarctique. Ce n'étaient pas des tueurs, ça se voyait, l'apprenti-ninja avait des techniques quelque peu sommaires. Et vraisemblablement ils avaient un intérêt commun.

— Oh ce n'est pas vrai !! dit Tao en se relevant.

Il se planta à l'entrée du baraquement et de son air le plus féroce ne donna pas un coup de tête mais poussa le plus horrible des cris, ou même plutôt un rugissement, qui fit déguerpir à tout va le second gardien. Angela et Moshé avait spontanément pris le relais et continuaient à creuser. Quand ils le trouvèrent enfin. Tout seul, même pas enveloppé ou emballé, plein de terre. Exactement comme tous les autres si ce n'est le poids des années. Les trois comparses se regardèrent.

— On se casse ! décida Tao et les trois se mirent à courir vers le parking.

— C'est ma voiture, cria Angela en la montrant du doigt.

— Et celle-là c'est la nôtre ! répondit Moshé tout en hurlant. Suis-nous !!

— Je ne veux pas qu'elle nous suive, elle a tenté de nous tuer !! s'étrangla Tao.

Chacun monta dans sa voiture et les deux véhicules démarrèrent en trombe et quittèrent le camp de Niederhagen. Angela suivait Moshé sur la route. Il fallait quand même aller assez loin pour ne pas se faire rattraper par la police que les gardiens n'avaient certainement pas manquée d'appeler. Droite, gauche, droite, Moshé conduisait bien et avais commencé à ralentir pour donner une allure plus normale à leurs véhicules. Moshe regardait fixement la route devant lui. A droite, en haut de la colline se dressait le château de Wewelsburg. Il en avait tant entendu parler toute son existence, il avait fait tant de recherches dessus et vu tant de photos, de vidéos, de reportages. Et il était là, à quelques mètres. Avec son soleil noir. Il se rangea sur le côté.

— Qu'est-ce que tu fais ? s'enquerra Tao

— Regarde, en haut de la colline, à droite. Wewelsburg.

Moshé se retourna. Angela était dans sa voiture, également rangée sur le côté. Les mains posées sur le volant elle fixait Moshé. Il lui indiqua le château d'un signe de tête. Elle regarda le château puis Moshé. Elle balança la tête de droite à gauche, pour dire non.

Moshé comprit et sourit. Les deux voitures redémarrèrent.

Chapitre 10 - De Casablanca

— Qu'est-ce qu'ils font, ils arrivent ou pas ? Jésus commençait à s'impatienter. Alexandra et ses amis auraient déjà dus être là depuis plus de deux heures.

— Ne t'inquiète pas, ils vont arriver, le rassura Abdel. Ici, la circulation c'est complètement aléatoire. J'ai eu Alex au téléphone, ils sont sur l'autoroute, ils ne devraient pas tarder.

Jésus avait élu domicile chez Abdel depuis deux jours, depuis qu'il lui avait aimablement proposé de l'emmener à la gare pour qu'il puisse prendre son train pour Tanger. Gare qu'il ne verrait jamais. Pas plus que Tanger ou le Portugal car il avait définitivement choisi une autre voie. Après qu'ils avaient eu comparé leurs cubes, Abdel avait téléphoné à chérie, Alexandra, quelque part au Portugal. Elle aussi par une troublante coïncidence avait rencontré des gens avec des cubes particuliers. Tout ce petit monde s'apprêtait à les rejoindre à Casablanca. Mais ils tardaient.

Le téléphone d'Abdel retentit.

— C'est nous, on est en bas, on décharge, expliqua Alexandra.

— C'est bon ils sont là Jésus. OK Alex je descends.

Abdel s'exécuta. Jésus alla regarder par la fenêtre. Il voyait les deux voitures garées en bas dans la rue, avec leurs occupants en train de décharger des valises. Trois femmes et deux hommes, tous avec des cubes colorés. Et ça, ça lui faisait drôlement plaisir : penser des mois durant que vous êtes une sorte d'anomalie sur terre, que vous seul avez quelque chose de différent, voire qui ne va, pas l'avait profondément attristé en même temps qu'inquiéter. Il voulait tout savoir de ces personnes. D'où ils venaient, ce qu'ils faisaient dans la vie, mais surtout comment étaient leurs cubes et pourquoi eux. La petite tribu arriva enfin sur le palier. Des éclats de voix, des rires, c'était bon signe. Abdel et Omar se tenaient par les épaules et affichaient un profond sourire en se dirigeant vers l'encolure de la porte où se trouvait Jésus.

— Jésus, je te présente Omar, un super vieux pote d'université, devenu une star à Hollywood, expliqua Abdel.

— Oui alors une star c'est un bien grand mot, dit Omar. Bonjour Jésus, gloire à toi !

— Bonjour Omar !

Les deux se serrèrent la patte et échangèrent un grand sourire. Ils ne pas le soupçonner, mais à partir de ce moment précis, les deux nouveaux amis ne se quitteraient plus, jusqu'à leurs morts respectives.

Alexandra arriva avec Shakti, Kristen et Jeremy. Elle se figea à trois mètres de Jésus dans le couloir. La réaction de Jésus fut identique.

— Abdel !!! cria Alexandra. Pas ce Jésus là quand même ?

— Euh si, vous vous souvenez de moi ? Jésus ne sut que dire d'autre.

Il avait beaucoup aimé ce professeur quand il était venu faire en France un séminaire de formation sur les techniques de forage. Il l'avait même trouvé profondément charmante mais n'avais rien osé. Avec tous les apprentis qu'elle forme chaque année, Jésus était flattée qu'elle se souvienne de lui.

— Il se passe quoi là ? s'enquerra Jeremy qui suait à grandes gouttes dans son jogging inadapté à une telle chaleur.

— Tu vois là, c'est le Jésus que mon amoureux a rencontré par hasard à l'aéroport, celui qui a un cube comme nous, et en fait il se trouve que je le connais. Je l'ai eu en cours il y a deux ans de ça !

— En même temps, au point où l'on n'en est !! coupa net Kristen d'un ton agacé en se dirigeant vers la porte.

Elle salua Jésus, se présenta et rentra dans l'appartement. Jeremy, Shakti et Alexandra firent de même. Ils étaient désormais sept. Abdel expliqua que tout le monde était le bienvenu chez lui, qu'on se serrerait mais que tout le monde aura une place pour dormir. Il profita d'être dans la cuisine avec Alexandra pour lui faire comme dans les films. La plaquer contre le mur, l'embrasser violemment et lui dire qu'il l'aimait.

— J'ai peur, lui susurra-t-elle dans l'oreille.

— Avec toi, je veux bien mourir, lui répondit Abdel, la rassurant comme à son accoutumée.

Alexandra avait enfin pris une douche salvatrice et échangé son débardeur, bermuda contre une gandoura de tissu léger et fleuri. Jeremy demanda s'il pouvait faire de même et un système de rotation s'installa jusqu'à ce que la réserve d'eau chaude du ballon soit épuisée. Evidemment, cela tomba sur Omar qui hurla à plein poumon depuis la salle de bain qu'il s'appelait Omar et que les homards aimaient l'eau chaude. Jeremy excédé par son vêtement supplia Abdel de lui prêter l'habit le plus léger qui puisse exister sur terre et son hôte lui preta ainsi une gandoura et Jeremy adopta immédiatement ce nouvel accoutrement. Shakti quant à elle en avait déjà depuis longtemps dans sa garde-robe, les hippies s'étaient appropriés ce vêtement traditionnel marocain depuis les années soixante-dix. Kristen, elle, était bien trop conformiste pour ce genre de tenue et en bonne diva, avait emmené la valise la plus lourde de toutes l'équipée ce qui lui donna tout loisir d'essayer quatre tenues avant de décider laquelle la mettrais plus en valeur : une charmante petite robe cintrée noire et blanche. Jésus avait l'habitude des vêtements confortables et légers qu'ils portaient dans la jungle et son treillis de coton et sa légère chemisette beige lui donnait un air d'aventurier surtout avec ses cheveux longs et sa barbe hirsute.

Tout le monde s'installa dans les canapés aux couleurs et motifs chatoyants. Comme on peut en voir dans les films, ces salons orientaux avec de longues banquettes réhaussées de confortables matelas et multitudes de coussins, poufs, petites tables où s'entassent pâtisseries mielleuses et thés à la menthe, et où les tapis sont également extrêmement accueillants. Shakti et Alexandra s'assirent par terre, sur ces mêmes tapis, adossées contre les dossiers des banquettes les jambes lourdes et étendues. Abdel vint rejoindre sa dulcinée. Jésus et Jeremy avaient opté pour la même stratégie, plus près du sol, plus l'air est frais. Ils étaient en face de l'autre côté de la table basse et leurs faisaient des coucous drôles et amicaux. Kristen avait préféré une position plus convenable et qui la mettait également plus en valeur. Elle s'assit sur une des banquettes ses jambes croisées légèrement découvertes par l'entrebâillure de sa robe. Omar s'installa à côté d'elle.

Ils prirent tous un délicieux gouter. Ils plaisantaient, se racontaient leurs périples et étaient heureux. Chacun avait besoin d'évacuer le stress de toutes ces aventures et découvertes. Mais surtout personne n'osait aborder le thème qui allait inquiéter tout le monde. Pourquoi eux ? Alors ce fut Abdel le chef d'entreprise et hôte de ces lieux qui commença.

— Bon eh bien il va peut-être falloir qu'on en parle.

L'assemblée se calma et Abdel fut immédiatement relayé par Jésus.

— Est-ce que l'un d'entre vous a une idée ou une théorie sur ce que sont ces cubes ?

Non, aucune idée, ne sais pas, furent les réponses.

— Alors examinons les d'abord, dit Jésus en montrant l'exemple et en déposant le sien sur la table basse.

Les autres s'exécutèrent. Des petits cubes parfaitement identiques mais avec des taches de couleur différentes : verte ; bleu marine, bleu clair, violette, rouge, marron et vert pomme.

— Je crois que ça a un rapport avec le zodiaque ? suggéra Shakti. Mais pas les couleurs classiques que tu peux trouver dans les trucs d'astrologie communs. Ça me fait plutôt penser à un certain vieux manuel d'ésotérisme, de Papus, je crois. Attendez, je vais vérifier, conclu-t-elle en sortant son mobile.

Shakti aimait tout ce qui tournait autour de l'astrologie, la cartomancie, le shamanisme, comme tout bien beatnik qui se respecte. Faites l'amour, pas la guerre, et regardez les cieux et en vous, c'est le même cosmos, la même configuration. Tout le monde se moquait de ces doux rêveurs utopiques, mais elle savait qu'ils ne faisaient qu'opérer un retour aux sources à l'époque ou l'humanité fuyait en avant sans se retourner. Elle au contraire, voulait maintenir le lien entre les hommes et ce qui était le plus fondamental pour eux et qu'ils négligeaient tant portant, leur planète et leur âme. Ces nouvelles petites tribus, naïves et colorées n'avaient pourtant rien inventé. Ils n'avaient fait que reprendre les rites oubliés, pour rentrer en communion avec l'univers par le biais de danses et infusions. Le yoga l'avait tant assagi aussi. Elle se surpris aussi à se remémorer cette forêt allemande où chaque année se tenait un grand rassemblement de personnes comme elle pour fêter le solstice. *Externsteine,* oui c'était ça. C'était un lieu avec de grandes formations rocheuses assez étrange qui servaient de temple païen dans l'antiquité, un culte à elle ne savait plus quel dieu nordique, Wotan, quelque chose comme ça. On y dansait trois jours durant, on buvait de l'hydromel et communiais avec les esprits de la forêt. Elle s'en souvient car c'était là, que toute jeune, un shaman bien plus expérimenté lui avait demandé son signe et ensuite expliqué les couleurs du zodiaque. Elle continua donc sur sa lancée.

— Oui, c'est bien ça. Je vous lis : « Papus a particulièrement insisté sur les analogies et correspondances, entre autres dans son *ABC illustré d'occultisme*. Tout objet terrestre fait partie d'une chaîne analogique qui part de cet objet pour aboutir à un astre, un règne, un Élément, un ange… Tout se correspond dans l'univers, par grandes chaînes, astrologiques, élémentaires, « la Terre, correspondant au règne minéral ; l'Eau, correspondant au règne végétal ; l'Air, correspondant au règne animal ; enfin, le Feu, correspondant au monde des forces et des intelligences ». « La science antique est donc surtout constituée par des tableaux, qui établissent les relations entre tous les êtres et tous les objets de l'Univers ». Papus est reçu, tout au long de sa vie, dans de nombreuses organisations initiatiques, à la Société théosophique de Helena Blavatsky en 1887[4] ». Bon après ça raconte sa vie, c'est moins intéressant, mais il y a un tableau justement avec les correspondances entre les signes et les couleurs. On teste ? Si on est plusieurs à avoir le même signe, alors ça ne veut

---

[4] https://fr.wikipedia.org/wiki/Papus

rien dire, cependant si chacun est d'un signe différent et que sa couleur correspond à son signe alors c'est ça.

Chacun nomma son signe à tour de rôle. Abdel, taureau, Alexandra, verseau, Kristen, cancer, Jésus, sagittaire, Omar, bélier, Shakti, vierge, Jeremy, capricorne. Shakti scruta ensuite les cubes et les couleurs de leurs taches. Non seulement, chacune des personnes en présence étaient d'un signe différent mais en plus, les taches de couleur sur leurs cubes correspondaient bien à leur signe du zodiaque d'après la classification de Papus. Ce fut certes, instructif, mais ne les aidait finalement pas tant que ça dans leur soif d'explications.

— Je dirais que ça ne nous avance pas plus, s'excusa presque Omar avec un léger sourire. Ce sont les couleurs du zodiaque selon Papus, oui je veux bien mais après ?

— Dans un sens c'est vrai, acquiesça Shakti. On n'est pas plus avancés. Mais dans un autre sens, ça nous fournit quand même une piste. Car nous ne sommes que sept. Ça veut donc dire qu'il nous manque cinq personnes. On ne sait jamais, vu comment on se rencontre tous « par hasard » peut être qu'on ne va pas tarder à les rencontrer…par hasard !

— J'ai une amie qui a un cube avec une tache de couleur également, rajouta Alexandra. Elle s'appelle Angela. Sur son cube il y a une tache orange, et elle est du signe du signe du Lion. On est donc huit.

— Personne d'autre ne connait quelqu'un qui a un cube différent ? questionna Jeremy.

Le silence fut sa réponse.

— Tu as moyen de la joindre ton amie Angela ? suggéra Kristen à Alexandra.

— Je peux toujours essayer sur son portable. J'ai plus de batterie Abdel. Tu peux me prêter le tien s'il-te-plait ?

Abdel lui lança le combiné. Alexandra composa le numéro et attendit. Elle tomba directement sur le répondeur.

— Répondeur, soupira-t-elle.

Personne ne sut que rajouter et la tribu sombra dans une profonde réflexion silencieuse les yeux rivés sur leurs cubes. Jusqu'à ce qu'une sonnerie d'appel vidéo retentisse sur l'ordinateur d'Abdel.

Chapitre 11 - D'Istanbul

La route était longue, très longue. De trains en trains, Angela, Moshé et Tao avaient déjà quasiment traversé la moitié de l'Europe. Autriche, Hongrie, Roumanie, et Bulgarie maintenant. Mais le voyage n'était pas déplaisant. Et Angela était ravie de s'être fait deux nouveaux amis, qui eux aussi avaient deux cubes avec deux taches de couleur.

Après leur première rencontre qui restera à jamais gravée dans leurs mémoires, et leur fuite avec le Weweslburg comme toile de fond, les deux voitures avaient décidé de stopper dans un hôtel à une bonne centaine de kilomètres du camp de Niederhagen. Ils en avaient profité pour faire une bonne mise au point, attablé tous trois dans ce petit restaurant typiquement bavarois.

— Donc, vous êtes qui alors ? commença Angela.

— Déjà moi, insista Tao, je te le dis direct, je suis pas du tout d'accord avec ta présence ici ! Si tu es là c'est uniquement parce que Moshé est curieux, vraiment trop curieux !

— Merci Tao, dit Moshé. Donc moi c'est Moshé, lui c'est Tao et toi t'es qui ?

— Angela. Comment vous saviez pour le cube ?

— Ecoute, autant y aller franchement, affirma Moshé. Je pensais être le seul sur terre au courant de son existence. Mais je découvre qu'apparemment non. Si je le sais c'est parce que c'est ma grand-mère qui me l'a dit. Elle était détenue dans ce camp où nous nous sommes rencontrés. Et toute ma vie durant, elle m'a répété systématiquement chaque premier janvier qu'il y avait un petit cube noir caché à Niederhagen et que personne ne devait jamais le récupérer.

Angela fut profondément émue par cette remarque. Elle regarda Moshé avec presque de la tendresse. Quelque chose se passait entre deux, quelque chose d'encore trop indicible pour pouvoir être qualifié.

— Moi aussi toute ma vie durant ma grand-mère m'a dit qu'il y avait ce cube de caché et que personne ne devait jamais le retrouver. Chaque premier janvier.

— Mais c'était qui ta grand-mère ? lui demanda Moshé.

— Non mais tu n'as pas encore compris ? grommela Tao. Elle est allemande, tu crois qu'elle foutait quoi dans un camp de concentration sa grand-mère ? Je ne pense pas que vos deux mamies étaient du même côté de la barrière.

Moshé était sceptique.

— C'est vrai ? demanda-t-il à Angela.

Angela sut qu'elle ne pouvait ni mentir ni inventer quoique ce soit.

—C'est vrai. Mon grand-père était un des responsables du camp. Mais ce que je sais aussi c'est que moi je ne suis pas nazie, argumenta-t-elle en regardant Tao avec une légère mimique ironique. Et la consigne de ma grand-mère était de ne jamais retrouver ce cube et il me semble que c'est ce qui a été fait…jusqu'à aujourd'hui.

— Qu'est-ce que tu sais sur ce cube au juste ? interrogea Tao.

— Rien, franchement rien. Juste que c'est un cube. Et comme vous je ne sais pas d'où il vient, qui l'a créé, ni pourquoi. Et pourquoi vous voulez le récupérer vous alors ?

— Parce que nous on est Batman et Robin, répondit Tao, sur qui la bière allemande commençait à avoir un certain effet. Mais je ne te dirais pas qui est Batman et qui est Robin. Parce que nous on a des cubes aux pouvoirs magiques, des cubes de couleur...

— Tao ! le coupa Moshé.

Angela était ébahie et saisit l'occasion. Elle savait qu'Alexandra avait une tache de couleur sur son cube aussi. Mais elle n'avait jamais entendu d'autres personnes en parler. Déterminée, elle posa son cube sur la table, celui avec la tache orange. Pétrifiés, Tao et Moshé firent de même et leurs cubes aux taches jaune et pourpre rejoignirent celui d'Angela.

— Tu connais d'autres personnes qui ont un cube comme ça ? demanda Tao.

— Oui je connais une fille, une amie, qui a un cube avec une tache bleu marine.

— Et tu sais alors pourquoi les nôtres sont différents ? Et elle est où ton amie ? Elle est nazie aussi ?

— Pppppppffffffffffff ! Non absolument pas, elle n'est pas nazie et moi non plus ! Elle est partie au Maroc rejoindre son fiancé et je ne sais pas non plus pourquoi nos cubes sont spécifiques mais je suis contente de voir que nous ne sommes pas que deux avec mon amie.

— C'est exactement ce que j'étais en train de me dire, souligna Moshé. Bien, en ce qui concerne nos cubes, on n'est pas vraiment avancés, si ce n'est qu'on n'est pas que tous les deux Tao, on est au moins quatre. Mon souci à moi personnellement, c'est plutôt le cube que nous venons de récupérer. Partons du principe qu'il ne doit jamais être retrouvé, or maintenant il l'est donc qu'en faire ? Si nous l'avons trouvé alors peut être que d'autres les recherche aussi. Il nous faut donc partir le plus loin possible d'ici. Et je pense savoir où.

— En Israël ? s'enquerra Angela. Au refuge ?

— Oui, acquiesça Moshé épaté par sa vivacité d'esprit et sa rapidité de déduction. Tu nous suis ?

— Ai-je réellement le choix ? répondit Angela un sourire pincé aux lèvres.

— Oui, tu peux ne pas venir.

— Tu sais bien que je ne vais pas te laisser disparaitre tout seul avec le cube. Et je pense également que c'est la meilleure des alternatives. S'il faut le cacher quelque part, autant que ce soit là-bas.

Tao était consterné, la discussion avait basculé entre Moshé et Angela.

— Et moi j'ai le choix ou pas ? demanda-t-il à Moshé

— Non, répondit tout aussi simplement Moshe, avec un sourire qui se transforma en rire, ravi de l'avoir mouché pour une fois.

Angela ne put s'empêcher de sourire. Elle les aimait bien ces deux-là. Et surtout elle voulait en savoir plus.

— En revanche, nous avons deux problèmes, ajouta-t-elle. Le premier est que le monde entier se rend à Jérusalem depuis l'apparition des petits cubes. Les juifs, les chrétiens, les musulmans, tout le monde part se réfugier là-bas. C'est un bordel généralisé ! Les avions sont complets sur les six prochains mois. Le second est que même si l'on trouvait un moyen miraculeux d'avoir des places, jamais on ne passerait les contrôles de sécurité à l'aéroport. Comment expliquer qu'on a un cube en plus, alors que chaque être sur terre n'en a qu'un seul ? C'est comme si on avait tous un tatouage maintenant, un identifiant. Alors il va falloir y aller par la terre. On peut prendre une de nos voitures ou le train. On ne pourra pas aller au-delà de la Turquie car sinon après ça nous oblige à passer par la Syrie. Et il y a des bateaux depuis la Turquie vers Israël. Les contrôles aux ports sont moins stricts. On pourra se débrouiller pour faire passer le cube. En plus j'ai un ami en Turquie qui peut nous aider.

Moshé s'interrogea. Le plan d'Angela avait l'air bien rodé, comme préétabli.

— Les contrôles de sécurité aux aéroports posent un problème, c'est vrai. Pas à Tel-Aviv car j'ai mes contacts, on pourrait y entrer sans problème mais au départ d'ici, ce sera difficile, c'est sûr, expliqua Moshé tout en regardant sur son mobile les vols disponibles. En plus, tu as raison il n'y a pas un vol de libre. Je suis ok pour y aller par la terre. On dirait que tu as déjà pensé à tout ça ? lui demanda-t-il l'air légèrement suspicieux.

— Oui j'y ai déjà pensé, parce que je suis la même logique que toi. Ma grand-mère n'a jamais été nazie, elle n'a fait qu'épouser un homme qui l'es devenu par la suite. Elle n'a jamais fait que de m'expliquer que c'était la pire des idéologies. Alors je me suis dit que si je retrouvais ce cube, j'irais le planquer quelque part chez vous. Ne pense pas que j'essaye de faire un quelconque devoir de mémoire ou de mea-culpa, je ne me reproche rien, je n'étais pas née à l'époque, je n'ai rien fait. Mais je vois aussi que peu de temps après que ce cube ait été caché, les allemands ont perdu la guerre, alors je me dis que c'est peut-être une arme de grande puissance et qu'elle ne doit surtout pas rester ici. Tu as vu comment elle a progressé l'extrême droite en Europe ? Cela ne te rappelle pas de vieux souvenirs ?

C'est ce qui s'était dit durant cette mise au point.

Angela ouvrit les yeux et regarda le paysage qui défilait sous ses yeux. Le bruit des wagons défilant monotonement sur les voies ferrées l'avait délicatement bercé et elle s'était profondément assoupie. Elle regarda ses deux compagnons de voyage, assis en face d'elle dans leur compartiment. Tao dormait. Moshé la regardait.

— Ça fait du bien ? lui demanda-t-il.

Angela s'étira et bailla.

— Oui ça fait du bien merci.

Le train arriva enfin à Istanbul. Les trois amis rassemblèrent leurs affaires et descendirent. Ils marchèrent le long du quai, Angela scrutant du regard pour apercevoir un vieil ami qui serait leur hôte à Istanbul.

—Zubair !!! Comment ça va mon copain ?! dit Angela en ouvrant grand ses bras pour étreindre ce grand brun qui la serra également fortement en retour.

— Ça va, ma belle allemande ?? répondit-il tout aussi heureux.

Deux ans qu'ils ne s'étaient vu. Moshé et Tao attendaient patiemment derrière que les retrouvailles s'achèvent. Angela reprit.

— Laisse-moi te présenter Moshé et Tao, mes deux compagnons de galère, comme je t'ai expliqué.

— Bonjour, bienvenue en Turquie, je m'appelle Zubair.

Moshé et Tao n'avaient rien contre Zubair, bien au contraire, un ami qui rends service, c'est toujours bon à prendre, surtout au vu des circonstances. Il leur avait promis de les héberger chez lui à Istanbul et de les accompagner au port le lendemain prendre un bateau pour Israël. Moshé et Tao le saluèrent à leurs tours. Le trajet jusqu'à l'appartement de Zubair fut entièrement dédié à la réactivation d'anciens souvenirs communs aux deux anciens amis d'université à Munich. Comment allait la vie en Turquie, en France, les amis, les amours, les enmerdes. Tout le monde voulait éviter la question des cubes. Arrivés à destination, ils déchargèrent la voiture et montèrent au quinzième étage dans un de ces magnifiques appartement, en haut des plus grandes tours d'Istanbul. Duplex, penthouse et tout le tralala, Zubair n'était pas des moins bien lotis dans son pays. Bien au contraire. Il avait ce privilège si rare de pouvoir animer l'image, de faire des films. Il écrivait, réalisait, montait et commençait même à se poser la question s'il n'allait pas également composer la musique, presser les DVD, faire le pop-corn et livrer le tout à domicile.

Il avait soif de comprendre, il s'était toujours senti comme un extra-terrestre sur cette planète, à vouloir des réponses alors que la majorité des gens préféraient les fuir en s'abrutissant de besoins. Ses films, c'étaient des films sur les gens, qu'est-ce qui les pousse dans leurs vies, les motive, les fait basculer. Il était jeune, trente-trois ans mais avait l'impression d'en avoir quatre-vingt dans sa tête, ou huit selon les jours. Mais même en étant jeune il avait cette faculté exceptionnelle à analyser les gens comme un redoutable Hannibal Lecter. Et comme il avait besoin de l'exprimer, le cinéma était le meilleur des moyens pour lui. Toujours tout de noir vêtu, brun, ténébreux, avec une barbe d'une bonne semaine, la clope au bec, il faisait toujours un carré avec ses mains par-dessus les paysages, tout ce qu'il voyait dans sa vie, pour voir si cela passerait bien à l'écran, comme le font beau nombre de réalisateurs. Il avait ce besoin irrépréhensible de montrer comment il voyait les choses car il avait souvent l'impression qu'il était le seul à les voir comme ça. Zubair était très perplexe par l'appel et la demande d'Angela. Pourquoi aller en Israël ? Cette destination, centre des trois religions monothéistes, était littéralement assailli depuis l'apparition des cubes. Le syndrome de Jérusalem. Là où même les gens les plus rationnels et sceptiques s'enivrent des vapeurs et ferveurs de la ville trois fois sainte. Beaucoup y font des crises spirituelles ou mystiques. Un ange qui vous parle, une pierre du mur des lamentations qui vous appelle, la vierge au détour d'une ruelle qui vous salue.

Installées chez lui, dans un salon moderne et design, autour d'un inestimable café turc, une nouvelle équipe venait de se former. Macha ouvrit la porte avec ses clés et salua l'assemblée.

— Bonjour je suis Macha, dit-elle en tendant sa main vers Angela, Moshé puis Tao qui la saluèrent à leur tour et se présentèrent.

— C'est donc toi Macha, je suis ravie de te rencontrer, ajouta Angela.

Zubair et Macha ne s'étaient plus quittés depuis leur première rencontre sur les berges du détroit. Macha avait littéralement été envahi de sentiments plus que troublants depuis son arrivée en Turquie. Elle qui ne croyait en rien s'amusait à découvrir une certaine forme de spiritualité en elle, en même temps que cela la perturbait beaucoup. En quelques semaines, Zubair l'avait ouvert à un monde qu'elle avait fui jusque-là. Ces idées de prières de l'aube jusqu'à la nuit, de jeunes interminables, de soumission à un Dieu qu'on n'avait jamais vu ni entendu l'avait littéralement rebuté dès le début. Pourquoi se soumettre à quelque chose en quoi on ne croit pas ? Mais elle commençait à entrapercevoir l'apaisement que cela conférait, la force que cela redonnait. La soumission au divin peut être une forme de délivrance. S'abandonner à l'univers. « Fais de moi ce que tu veux, car ma quête c'est toi », lui avait expliqué Zubair. Il avait un tel amour pour Dieu, toujours un chapelet à la main. Cigarette dans la main gauche, chapelet dans la main droite, c'était Zubair. Avec cette phrase, peu de choses avaient désormais d'importance sur terre pour lui. La mort pouvait également être une forme de délivrance. S'il y avait réellement un Dieu, alors il serait là pour répondre à toutes ses questions ; s'il n'y en avait pas, …et bien de toutes façons il serait mort et n'aurait pas à vivre le drame de comprendre que rien de ce en quoi il croyait n'existe. Macha lui avait gentiment fait remarquer que, étant célibataire, sans enfants, avec les conditions dans lesquelles ils vivaient, c'est sûr qu'il pouvait se masturber l'intellect avec des questions aussi existentielles. Une femme au chômage, seule avec des enfants qui ont faim a d'autres préoccupations. Dieu, les hommes…Zubair lui avait gentiment fait remarquer à son tour que justement il devait profiter de ses conditions privilégiées pour être de ceux qui font le tri des idées chaque génération. Et cinq fois par jour il remerciait Dieu pour tout ça. Macha, au fur et à mesure des jours, posait de plus en plus de questions sur la foi, les dogmes et se demandait surtout pourquoi elle avait rencontré Zubair et pourquoi comme lui il avait un cube différent. Peut-être qu'Il l'appelait, c'était donc ça un appel ? C'était donc ça la foi, être convaincu de quelque chose dont on n'aura jamais la preuve, qu'on ne verra jamais et qu'on ne comprendra jamais ? « Il ne s'agit pas de comprendre les mystères mais de les ressentir » écrivais Aristote. C'est bien une affaire d'expérience en fait, de tripes, c'est viscéral, ce n'est ni physique, ni spirituelle, quelque part à mi-chemin des deux, en équilibre. Macha posa une question aux nouveaux venus.

— Alors vous partez pour Israël, c'est ça ?

Macha était ravie d'approfondir sa récente découverte spirituelle. Il n'y avait que des pèlerins pour y aller actuellement. Ils devaient donc en être. Le mur des lamentations portait bien son nom. Tout le monde allait à Jérusalem pour se lamenter.

— Oui on va accompagner notre ami Moshé qui a de la famille là-bas, répondit Angela.

— Tu es juif ? Oui c'est un peu con comme question pardon. Vous aussi ? demanda-t-elle en s'adressant à Angela et Tao.

— Non moi je suis protestante et Tao, …tu es quoi d'ailleurs Tao ?

— Je suis Taoïste, c'est pour ça que mes parents m'ont appelé Tao.

— C'est drôle, commenta Macha. J'ai découvert la religion il n'y a pas très longtemps et je n'arrête pas de rencontrer des personnes de plein de confessions différentes. Zubair est musulman, moi je suis athée…enfin, je sais plus trop mais bon, passons…. On a un bon panel représentatif là.

Cette réflexion de Macha suscita l'intérêt d'Angela.

— Oui c'est vrai ça, tiens ! répliqua-t 'elle. On est d'à peu près toutes les confessions.

Elle prit un instant de réflexion puis s'adressa à Moshé et Tao.

— Mon amie dont je vous ai parlé, vous savez, celle qui a un cube particulier aussi…elle est catholique. Ça nous fait donc catholique, protestant, juif, taoïste, musulman, athée…

— Oui mais eux ils n'ont pas de cubes particuliers, laissa s'échapper Moshé en désignant Zubair et Macha.

— Comment ça des cubes particuliers Moshé ? questionna Zubair, dont la curiosité venait d'être vivement aiguisée.

Moshé avait peur d'avoir commis une erreur en mentionnant ce fait. Il ne savait pas s'il devait répondre ou passer à autre chose. Alors son fidèle ami Tao s'en chargea.

— On va dire que nos cubes sont un peu particuliers dans le sens où ils ont des taches de couleur dessus, expliqua-t-il.

Zubair se leva et alla chercher son cube. Macha sorti le sien et le posa sur la table basse devant. Ebahis, Angela, Moshé et Tao firent de même. Les cinq cubes étaient posés les uns à côté des autres. Bordeaux, gris, orange, jaune et pourpre. Un grand silence perplexe s'installa.

— Vous croyez que c'est ça ? demanda Macha. Que ça a un lien avec la religion ?

— Je ne sais pas, répondit Tao. C'est bizarre quand même, on est tous de partout, de tous les pays, de toutes les croyances et on se retrouve ici à nous cinq, ou six, si on compte Alexandra, avec des cubes comme ceux-là…

— Et elle est où ton ami Angela ? demanda Zubair. On ne sait jamais peut être qu'elle a rencontré d'autres gens aussi.

— Elle doit être au Maroc chez son fiancé, mais je peux toujours essayer de la joindre sur son portable. Je n'ai plus de batterie. Tu peux me prêter le tien Zubair s'il-te-plait ?

Zubair lui donna son téléphone. Tout le monde patienta, assez anxieusement.

— Répondeur, dit Angela.

— Tu n'as pas le numéro de son fiancé ? continua Moshé.

— Non. Mais on pourra toujours réessayer plus tard. Nous avons quelque chose d'assez urgent à faire vous le savez.

Le téléphone de Zubair sonna.

— Ah ! Excusez-moi, c'est Kristen, une des actrices de mon prochain film. Je dois absolument lui répondre.

Il se leva et parti dans le salon voisin.

— Oui votre pèlerinage, repris Macha. Mais c'est vraiment un pèlerinage où ça a un rapport avec le fait que nos cubes aient des taches de couleur ? Parce que si c'est le cas, je voudrais bien y aller avec vous.

Zubair revint dans la pièce.

— Merde ! s'agaça-t-il. On devait se voir cette semaine mais elle ne va pas pouvoir, elle est au Maroc chez des amis. Ah là là ces actrices, ces actrices !! Vous parliez de quoi ?

Tao voulant éluder la question de Macha qu'il connaissait à peine, trouva un magnifique prétexte.

— Macha nous demandait ce qu'on allait faire à Jérusalem et se proposait de nous accompagner. Excuse-moi vraiment de te demander ça Zubair mais je suis sur une super grosse affaire en ce moment et il faut vraiment que je contacte mon co-investisseur au Maroc et comme Angela mon portable est mort après nos vingt heures de train. Ça t'ennuierait de ma prêter ton téléphone s'il te plait ?

— Bah dis donc tout le monde est au Maroc ou quoi ? L'amie d'Angela, ton co-gérant, mon actrice ! En revanche mon portable est aussi en train de décéder. Je ne comprends pas je l'ai rechargé ce matin ! Il déconne en ce moment. Ça ne t'ennuie pas si je te file mon ordinateur plutôt ? Tiens, il est là, vas-y. Quelqu'un veut encore du café ?

Chapitre 12 - Mr Zurkel

J'espère qu'il ne va pas me faire attendre longtemps encore, se dit Mr Zurkel. *Cela fait déjà plus d'une heure que je patiente dans cette salle.*

Mr Zurkel avait revêtu un beau costume trois pièces de couleur noire ainsi que la plus belle et la plus blanche de ses blanches chemises. Sa cravate mauve était assortie à ses chaussettes, une touche de couleur et de fantaisie dans cette apparence plutôt sévère mais également élégante. Ses boutons de manchettes en or étaient également coordonnées à son pince-cravate et ses cheveux et sa barbe naissante avaient été parfaitement taillés pour cet entretien que Mr Zurkel attendait depuis si longtemps. Il voulait être impeccable. Nonchalamment assis dans un magnifique canapé de velours beige, il patienta donc le bras étendu sur l'accoudoir et se laissa aller à quelques divagations d'ordre esthétiques. A une époque de sa vie, il voulait être architecte ou décorateur d'intérieur. Il aimait les atmosphères esthétiques et harmonieuses. Mais ses plans de carrière avaient été quelque peu contrariés par un destin différent.

Jolis ces murs taupe ! songea-t-il. *Un petit taupe légèrement doré, cela crée une très belle harmonie dans toute la pièce. Elles sont pas mal aussi ces grandes fenêtres à la française ! Cela va bien avec la hauteur sous plafond et permet d'éclairer toute la pièce. On gagne vraiment en volume et en luminosité ! Et puis ce blanc des rideaux parfaitement coordonné avec celui du sol. Nan mais ça suffit là, j'en ai marre qu'est-ce qu'il fait ?! Je ne vais pas refaire toute la déco du Vatican non plus ! Ah tiens mais je n'avais pas vu ce plafond, mais il est magnifique ce plafond ! ah je veux vraiment le même ! J'adore cette fresque aussi. Je vais aller à la fenêtre, ça ma distraira.*

Mr Zurkel commença de nouveau à étudier le paysage extérieur, dans le moindre de ses aspects. Il est des personnes soucieuses du détail/

Grandiose cette place St Pierre ! Cet obélisque, toutes ces colonnes, ces statues de saints ! Cela doit être très impressionnant quand tous les fidèles se rassemblent ici. J'aurais bien aimé voir ça une fois dans ma vie. On n'a pas tout ça en Israël. Jérusalem est une ville magnifique mais totalement rustique comparée à cet endroit. Ici ce sont les robes pourpres, rouges, et nettes. Tout cet or, ces pierres, ces peintures ! Tout ici n'est que luxe et calme. J'adore ! Je me croirais à Monaco !

Un évêque entra dans la salle.

— Il va bientôt vous recevoir. Plus que quelques minutes de patience je vous prie et je reviendrais vous chercher.

— Ah je vous remercie c'est très aimable ! Je patiente il n'y a pas de soucis. Mais nous avons quand même beaucoup de dossier à traiter.

— Nous pouvons peut-être en parler brièvement afin de préparer l'audience si vous le souhaitez.

— Avec grand plaisir. Je tenais quand même à me présente personnellement, je suis Mr Zurkel, et je remplace donc Mr Segal qui prend une retraite bien méritée. La ligne directrice du Mossad n'a pas changé, je ne vais faire que reprendre les dossiers en cours de Mr Segal. J'espère que comme mon prédécesseur, j'aurais des audiences régulières avec le souverain pontife, après tout, vous recevez bien le responsable de l'antenne romaine de la CIA toutes les semaines[5] ! plaisanta Mr Zurkel, mais l'évêque resta à peu près aussi figé qu'une des statues derrière lui.

— Bien évidemment, nous allons songer à mettre en place des entretiens réguliers. Nous avons été toujours très flattés de l'attention que nous portait votre service de renseignement, même si notre longue histoire commune a souvent subi des hauts et des bas.

— Et je rajouterai que maintenant nos liens devraient se resserrer davantage. Ne nous faisons pas d'illusions et parlons franchement. J'ai toujours aimé parler franchement. Nous sommes du même berceau et nous sommes tous deux menacés. Extrêmement menacés. Bientôt, nous le savons, l'Iran aura l'arme nucléaire. Et qu'est-ce que ça donnera quand un de ces fou de Dieu aura les codes de lancement ? Qu'est-ce que ça donnera quand ils auront la capacité de nous anéantir en moins de 20 minutes ? Dois-je vous rappeler Ali Acgla ? Cet homme qui a tenté d'assassiner le Pape Jean-Paul II en 1981 n'était-il pas un Turc envoyé par les iraniens ? Nous devons réellement nous unir face à cette menace.

---

[5] GORDON, Thomas, *Histoire secrète du Mossad*, Paris, Point, 2007

— Oui je vois et je comprends votre position, répondit l'évêque, avec un sourire tout aussi figé et froid que la statue derrière lui.

Mr Zurkel regarda la statue, l'évêque, puis la statue de nouveau et se dit qu'ils allaient vraiment bien ensemble.

— Et je ne parle pas que de l'Iran votre Excellence. Du Maroc au Pakistan, nous sommes cernés pas des personnes qui nous haïssent. Pour l'instant, et cela est une grande chance pour nous, ils ne parviennent pas à s'entendre. Déjà entre le Maghreb et le Moyen-Orient, ils se tirent dans les pattes, et même entre voisins, prenez par exemple le Maroc et l'Algérie, ils ne parviennent pas à communiquer. Mais qu'est-ce que ça donnera le jour où ils se réveilleront ? Qu'est-ce que ça donnera le jour où ils se rendront compte qu'en fait ils sont tous musulmans ? Pour l'instant ils n'ont pas eu leur Martin Luther King. Mais si demain il en vient un ? Nous sommes huit millions, ils sont un milliard. Dieu bénisse leur orgueil ! C'est lui qui permet à mon pays de survivre depuis soixante-dix ans. Mais pour combien de temps encore ?

— Rien ne dit que même s'ils sont unis, ils voudront tous nous exterminer.

— Non bien sûr, mais l'anticipation c'est la clef de la survie, et j'ai une terre à défendre. Ne me dites pas que vous n'avez pas fait le lien entre ces sept milliards de petits cubes tombés du ciel et leur grand cube tout noir ?

L'évêque marque un bref tant d'arrêt.

— Oui bien sûr que nous avons fait le rapprochement. Mais il me semble aussi que tous les musulmans ont également reçu un cube. Si c'est une arme, elle se retournera contre eux aussi. Et je ne pense pas qu'ils aient la technologie suffisante pour créer des cubes d'une telle singularité et encore moins pour les faire tous tomber du ciel au même moment.

— C'est ce que j'essaye de vous faire comprendre. La bataille n'est pas d'ordre physique. Elle est spirituelle. Nous sommes de la même civilisation. La civilisation judéo-chrétienne. Pas eux.

— Pourtant leur Coran confirme la Torah et la Bible et loue le même Dieu.

— Oui mais pour eux Jésus n'est pas Dieu.

— Pour vous non plus d'ailleurs, remarqua l'évêque en souriant ironiquement.

L'évêque était très interpellé par ce nouvel agent du Mossad en charge des relations avec le Vatican. Il ne savait pas grand-chose à son sujet. Juste que c'était le remplaçant de Mr Segal, parti à la retraite, et que Mr Zurkel était né à Bethléem il y a trente-trois ans, qu'il avait fait des études supérieures dans l'ingénierie de construction pour ensuite atterrir mystérieusement dans les services de renseignements israéliens, et qu'il avait expressément demandé à plusieurs reprises à être affecté aux relations avec la cité des chrétiens. Par ailleurs, il bénéficiait également de solides soutiens dans les milieux politiques et bancaires. Car les activités de Mr Zurkel ne se limitaient pas au Mossad. Il avait également une brillante société immobilière à New York, sur la cinquième avenue. Certains disaient même qu'il briguerait certainement un jour une carrière politique, quand il aurait un peu plus d'expérience et un âge un peu plus avancé.

— Bien je vais vous laissez, je reviens dans un instant, conclu l'évêque. Il se leva et quitta la pièce laissant Mr Zurkel de nouveau seul avec ses prétentions architecturales.

Ah le carrelage, j'avais oublié le carrelage. Il est pas mal ! Ce sont des losanges, ou des cubes ? Je n'arrive pas à bien discerner. Cela doit dépendre de là où l'on se place. Et ils sont noirs ou marron sombre ? Il faudrait que je leur demande la couleur de ces cubes. Heureusement que cet évêque n'a pas demandé à voir le mien. Je me demande quand quelqu'un se rendra compte que je suis le seul sur terre à ne pas en avoir un !

Chapitre 13 - Fusion

Abdel entendit la sonnerie d'un appel vidéo sur son ordinateur.

Tiens donc ! Son patron Tao essayait de le contacter. Il répondit par la positive. Les deux images apparurent et la conversation commença. Comme dans une parfaite symétrie, on pouvait voir Tao à l'écran et derrière lui, le petit groupe d'Istanbul, formé d'Angela, Moshé, Zubair et Macha. Tao lui, voyait Abdel en gros plan, et derrière lui, le petit groupe de Casablanca, avec Kristen, Jeremy, Shakti, Omar, Jésus et Alexandra.

— Bonjour Abdel ! s'enthousiasma Tao. Comment vas-tu mon ami ? Tu as un instant à m'accorder s'il-te-plait ? Je voudrais savoir où on en est de la clôture comptable car les commissaires aux comptes doivent venir les certifier.

Mais Tao ne saurait jamais où en étais la clôture comptable car Abdel venait de se figer devant son écran. Plus précisément il venait de se figer devant une jeune femme assise dans un canapé derrière Tao. Une jeune femme nommée Angela, la meilleure amie de sa fiancée qui lui avait été présenté plusieurs années auparavant.

Qu'est-ce qu'elle faisait là avec Tao ? Et que faisaient surtout ces cinq petits cubes avec leurs cinq petites taches sur cette table basse ?

— Bonjour Tao. Ecoute moi-bien ! commença Abdel. Ecoute moi le plus attentivement possible du monde s'il-te-plait ! Les comptes là je n'en ai absolument strictement plus rien à foutre ! Tao, je vois qu'il y a ton pote Moshé avec toi, c'est cool, passe-lui le bonjour. Mais je vois également une autre personne que je connais mais que toi, tu n'es pas censé connaitre. Qu'est-ce qu'Angela, la meilleure amie d'Alex fait ici avec toi ? Et surtout c'est quoi ces cinq putains de cubes avec des taches de couleur posés sur la table ? Ne me dis pas que toi aussi tu avais une tache sur ton cube ?! Je t'avais posé la question et tu m'avais répondu que non !

Tao fut plus que gêné. C'est vrai il lui avait menti car Abdel lui avait posé la question le moment jour, la mauvaise heure, celle où les cubes l'agaçaient et que sa tache de couleur sur le sien l'agaçait aussi, alors il avait répondu non, pas agacement, pour qu'on lui foute la paix ! Regrettable erreur ! Ou peut-être pas. Sinon est-ce que Tao aurait emprunté ce chemin qui lui avais permis de rencontrer Angela, Macha et Zubair ? Dépassé par les évènements récents, il ne sut que répondre et n'en avait pas eu le temps de toutes les façons, devancé par la remarque d'Alexandra qui venait de pointer sa tête derrière celle d'Abdel, curieuse d'un appel qui évoque des petits cubes avec des taches de couleur.

— Bonjour Tao, dit-elle. Oh ce n'est pas vrai ! Putain mais qu'est-ce qu'elle fait avec vous Angela ? D'où tu la connais ? Déjà que je suis tombée sur Omar au Portugal, ensuite sur un Jésus que je connais à Casablanca et maintenant ma meilleure amie à…et mais vous êtes où là d'ailleurs ? Oh punaise, les cubes !! C'est quoi ça ? Ils ont tous des taches de couleur aussi !

— Venez tous voir ! dit Abdel en s'adressant à son équipe. Tao, fais pareil de ton coté, demande-leur de se rapprocher s'il te plait.

Les deux tribus se rassemblèrent chacune derrière l'écran de leur hôte.

— Bah Zubair ! Qu'est-ce que tu fais là ? nota Kristen. Je viens juste de t'avoir au téléphone. Bonjour à tous les autres. Je suis Kristen.

— Je suis tout simplement chez moi à Istanbul Kristen, lui répondit Zubair. Je vois que tu es avec Omar et Jeremy aussi. Bonjour à tous.

— Salut Zubair et ses amis ! déclara jovialement Omar.

— Coucou mon Zou et tous les autres, rajouta Jeremy. Désolé de mettre les pieds dans le plat de manière aussi abrupte mais nous avons sept cubes et nous étions justement à la recherche des cinq restants pour pourvoir valider notre théorie. Et vous venez d'apparaitre miraculeusement dans notre champ de vision ! On peut donc tenter quelque chose pour voir si notre théorie tient la route s'il vous plait ? On pourrait connaitre vos signes du zodiaque ? Et en même temps, faites-nous voir votre cube et surtout la couleur de la tache !

Tao s'exécuta le premier en énonçant son signe astrologique, balance, et en faisant voir la tache pourpre sur son cube, ensuite Macha, poisson et le gris, Moshé, gémeaux et le jaune, Zubair, scorpion et le bordeaux et enfin Angela, lion et l'orange. En même temps qu'ils se présentaient, Shakti vérifiait la correspondance dans le tableau de Papus.

— C'est bon, c'est ça ! Ça coïncide parfaitement ! releva-t-elle. Je me suis souvenu d'un vieux traité d'ésotérisme d'un certain Papus dans lequel il y a un tableau de correspondance entre les signes astrologiques et les couleurs. Et là, on est douze, des douze signes, avec les douze couleurs qui concordent parfaitement. De notre côté, eh bien laissez-moi vous présenter mes amis mais également le reste de vos collègues. Même si apparemment certains se connaissent déjà. Je suis Shakti du signe de la vierge, avec une tache de couleur marron sur mon cube, Kristen, cancer et bleu clair, Alexandra, verseau et bleu marine, Omar, bélier et rouge, Abdel, notre hôte, taureau et vert, Jésus, sagittaire et violet, et enfin Jeremy, capricorne et vert pomme.

— Et ça fait quoi ? répondit Angela un peu décontenancée. Désolée Shakti, j'aime bien l'astrologie aussi mais je ne me sens pas plus avancée. Et puis de notre côté on avait aussi notre théorie. On peut donc tenter quelque chose aussi à notre tour pour voir si notre théorie tient la route s'il vous plait ? Vous pourriez nous dire de quelle religion vous êtes tous ?

Abdel répondit le premier en citant l'Islam, rejoint par Omar et Alexandra, Kristen le Catholicisme, Jésus l'Unitarisme, Jeremy, le Mormonisme et enfin Shakti disant simplement « un peu tout ».

— Ah bah non alors ça ne marche pas ! regretta Angela. Parce que Macha avait remarqué de notre côté on était chacun d'une religion différente. Je suis protestante, Moshé est juif, Tao est taoïste, Zubair est musulman et Macha est athée. Mais là avec vous, y'a trop de musulmans ! Désolée hein, le prenez pas mal ! releva-t-elle en ayant eu soudainement peur de vexer quelqu'un.

Shakti réfléchis un court instant.

— Mais si, ça marche ! On a bien un représentant de chaque grand courant de pensée religieuse. Tu dis que y'a trop de musulman, mais y'a trop de chrétien aussi. C'est juste que les différents courants du christianisme sont représentés. De même que les différents courants de l'Islam je suppose non ?

— Moi je suis sunnite, dit Zubair.

— Père sunnite, mère chiite pour ma part, rajouta Abdel.

— Moi je me retrouve bien dans le soufisme, affirma Omar.

— Bah moi je fais chier tout le monde parce que je suis une ex-catho transfuge et en plus je suis coraniste. Bouh personne ne m'aime ! feignit de se lamenter Alexandra tout en rigolant.

— Et ça fait quoi ? répondit Jeremy très décontenancé. Désolé Angela, j'aime bien les religions aussi mais je ne me sens pas plus avancé non plus.

— Bah apparemment on est un panel représentatif des signes astrologiques et des religions sur terre, commenta Jésus. Mais comme diraient Angela et Jeremy, c'est vrai qu'on n'est pas plus avancés.

— Tu ne te souviens pas de moi Jésus ? demanda Macha.

— Bien sûr que je me souviens de toi Macha. Mais je ne voulais pas interrompre mes amis. Comment oublier ces délicieuses soirées en ta compagnie dans la toundra de Sibérie.

— Car Jésus et Macha se connaissaient aussi. Jésus avait passé plusieurs mois en Sibérie pour y forer des puits. Son équipe et lui avait pour habitude d'égayer leurs froides soirées dans la ville la plus proche, ville d'où était originaire Macha et où elle aimait passer ses congés pour se ressourcer auprès de sa famille. Jésus et Macha s'y étaient donc rencontrés et y avaient passé plus d'une soirée arrosée. La grâce d'une ballerine alliée à la rudesse du foreur avaient eu raison de plus d'une bouteille de vodka.

— Mais qu'est-ce que tu fous à Istanbul Angela ? demanda Alexandra. Tu m'avais dit que tu partais en Allemagne !

— Moi aussi tu m'avais dit que tu partais en Allemagne Tao ! releva Abdel.

— Alors je crois qu'il est temps que l'on vous raconte notre aventure ! dit Tao.

La narration de leur exploit en terre de bavière jusqu'à leur arrivée à Istanbul puis leur rencontre avec Zubair et Macha leur prit une bonne partie de la soirée. De même l'équipe de Casablanca raconta ses péripéties depuis soit le Brésil, Los Angeles ou Paris, jusqu'au Portugal et enfin la ville blanche.

Mais la plus grande partie de la nuit fut accordée à trois débats houleux mais sincères, productifs et surtout très enrichissant : croire ou ne pas croire, de l'unicité des religions et de certaines conjurations. Débats agrémentés de délices sucrés et salés, de petits plats improvisés, de thé et de café mais surtout d'un grand soulagement.

Car même si personne n'avait encore de réponse claire et précise à l'existence de leurs petits cubes si particuliers, ils s'en fichaient désormais. Cette question avait été balayée par un sentiment bien plus fort, de ceux qui peuvent faire s'abattre des montagnes : celui de ne plus être seul. D'être raccordé à d'autres, de faire partie de quelque chose. Ils n'étaient plus seuls et marqués. Ils étaient plusieurs et liés. Quel objectif ? Peu importe. A eux douze, ils auraient plus annihiler des civilisations ! Car ils devaient fatalement se rencontrer d'une manière ou d'une autre. Au cours de leur existence, on leur en avait laissé plusieurs fois la possibilité, et ce, de plusieurs façons.

Sauf Shakti. Elle se sentait désespérément encore plus seule malgré cette famille recomposée. Abdel, Alexandra, Kristen, Jésus, Macha, Omar, Moshé, Tao, Jeremy, Angela et Zubair, tous connaissaient au moins une personne de l'autre côté de l'écran. Comme pour se reconnaitre si jamais cet appel devait avoir lieu un jour. Shakti était la seule à ne jamais avoir déjà croisé la route de quelqu'un. Comme une petite vierge.

Pourquoi on m'a mise de côté ? se demanda-t-elle naïvement et non sans une certaine appréhension.

Moshé passa également beaucoup de temps avec Angela à expliquer l'histoire de ce petit cube solitaire, dissimulé et oublié depuis 1945. Et pourquoi donc ils voulaient aller le cacher en Israël. Et tout le monde compris que tout gravitait autour de ce cube et que vraisemblablement il fallait les suivre. Comme si ce petit cube avait besoin de douze compagnons pour l'escorter. Que tout avait été fait pour qu'ils se retrouvent. Et que le destin leur avait gentiment et discrètement tendu leur passeport pour la terre promise.

Abdel, Omar et Zubair mirent vite leurs réticences de côté. Ils savaient qu'ils n'allaient pas en territoire ami. Mais avaient-ils encore le choix ? Au mieux, ils trouveraient les réponses à leur question. Au pire, comme le suggéra Omar, ils tenteraient de visiter la grande mosquée bleue au toit d'or de Jérusalem, le troisième lieu saint de l'Islam. Ça comptera comme un petit pèlerinage. Omar tentait toujours de voir le côté positif des choses. Et vu que Zubair y allait et que le film tombait à l'eau, il avait de nouveau du temps disponible. Et puis Abdel n'allait pas laisser son intrépide Alexandra partir seule là-bas. Alexandra ne se posait plus la question. Elle regardait déjà la carte d'Israël sur l'ordinateur. C'était comme ça qu'elle fonctionnait, avec ses tripes et son instinct. Après, parfois, elle réfléchissait. Mais parfois seulement. Zubair ne voulait pas non plus laisser sa nouvelle amoureuse partir seule là-bas, amoureuse qui de plus est, en pleine crise spirituelle. Qu'allait-il advenir de sa farouche athée dans une ville trois fois sainte ? Car pour Macha cela commençait à faire un peu trop. Un peu trop de coïncidence, un peu trop de « viens par ici ». Alors courageuse comme une ballerine habituée depuis 33 ans à la discipline du corps et de l'esprit, elle allait faire preuve d'encore un peu d'efforts dans son corps et dans son âme. Il lui fallait une réponse et elle allait la trouver, à Jérusalem. Ah oui, les trente-trois ans, ils s'en étaient rendus compte aussi, qu'ils étaient tous nés la même année, chacun un mois de cette année. Chouette, cela allait leur faire un anniversaire par mois !

Pour Kristen et Jeremy, après des années passées ensemble à discuter et argumenter sur la Bible et le Livre de Mormon, la question ne se posait pas. Kristen s'était toujours sentie appelée, un peu comme une « élue ». Elle en avait aujourd'hui la conviction la plus profonde et sut trouver les mots pour motiver Jésus. Qui ne pris pas non plus longtemps pour se faire prier. De par son métier, il était habitué au travail d'équipe et aux lointaines missions en terres hostiles. Il se dit que Jérusalem ne devait pas être bien plus dangereuse que la forêt amazonienne ou les steppes gelées de Sibérie. Et il ne voulait pas lâcher ses nouveaux compagnons. Surtout Alex !

Shakti voulait juste avoir la réponse à deux toutes petites questions : pourquoi elle ne connaissait personne ? Et surtout pourquoi un beau jour d'aout, au lever du soleil, dans une forêt portugaise où dansaient les âmes de tous pays, avait-t-elle vu l'univers se créer sous ses yeux ?

Pourquoi je n'ai pas vu des licornes en train de danser avec des schtroumpfs ? Ça sert à ça la drogue à la base ! Se demandait 'elle depuis plus d'une dizaine d'années.

Et on allait peut-être lui donner un début de réponse. C'était bien trop tentant. Au pire des cas, elle donnerait des cours de yoga à ses nouveaux compagnons, cela leur ferait du bien, ils étaient tous tellement excités.

Car ils se sentaient forts ensemble, investis, cohérents. Peut-être auraient-ils dû l'être un peu moins ? Car en cet instant présent, aucun ne se doutait encore que ce cube appartenait à quelqu'un, qui, depuis l'apparition des petits objets, dissimulait à tout le monde qu'il était le seul sur terre à ne pas en avoir un.

Chapitre 14 - Top management

— Vous êtes chiant comme la mort ! s'offusqua Mr Allaoui lorsque l'officier de Tsahal commença à lui passer les mains sur le corps. Déjà qu'on perd un temps fou deux fois par jour avec vos check-points à la con et maintenant en plus, vous rajoutez des fouilles corporelles obligatoires ? Vous avez peut-être que ça à foutre de fouiller tout un peuple matin et soir, mais moi désolé, j'ai un vrai métier !

Mr Allaoui portait des vêtements des plus communs. Ceux des ouvriers palestiniens. Un pantalon treillis de toile marron foncé, un tee-shirt plus qu'usé, des chaussures de chantier, rugueuses mais confortables pour les kilomètres à pieds qu'il devait parcourir chaque jour. Sa barbe, il ne l'avait pas rasée depuis trois jours. Cela lui laissait encore une certaine marge de manœuvre avant qu'elle ne devienne trop longue et qu'on ne le suspecte d'entrer dans le fondamentalisme, l'intégrisme, le radicalisme, l'extrémisme, le fanatisme et tous ces mots en -isme. Il avait en revanche pris le temps d'aller chez le coiffeur car il détestait les coiffures négligées.

Mais ce qui marquait le plus chez Mr Allaoui, c'était sa nonchalance légendaire. Une invasion extraterrestre aurait pu se déclencher, il aurait quand même fini son café. Durant ses siestes, il demandait à n'être réveillé qu'en cas d'attaque nucléaire. Ses yeux noirs et son sourire ne trouvaient comme qualificatif auprès de la gente féminie que rieur, espiègle, séduisant. Mais aujourd'hui Mr Allaoui avait quelque peu perdu de sa légendaire flegme.

Ces contrôles étaient de plus en plus pénibles, déjà d'un point de vue moral mais aujourd'hui encore plus d'un point de vue logistique. Attente de contrôle, attente dans les bouchons, attente de papiers, attente d'autorisation…Mr Allaoui avait l'impression de passer sa vie à attendre. Mais attendre quoi ? Après tout, peut-être qu'il n'y avait rien à attendre et qu'il ferait juste cela jusqu'à la fin de ses jours.

— Eh oui c'est comme ça, ce n'est pas moi qui décide, ce sont les ordres, lui répondit l'officier sur un ton tout à fait désabusé. Quelque part, lui aussi trouvait ça chiant comme la mort.

— Donc si on vous disait de sauter par une falaise…commença Mr Allaoui

— Arrête, arrête, on va avoir des problèmes, le coupa son ami Adil.

Mr Allaoui et Adil faisaient ensemble quotidiennement le trajet entre Bethleem et Jérusalem, trajet qui bloquait régulièrement au check-point 300. Ils se retrouvaient tous les jours à 3H3O du matin, en attendant l'ouverture du check-point aux alentours de 5H, dès fois, 5H15, 5H30. Au fur et à mesure des arrivées, les hommes se rangeaient en file indienne et commençaient à attendre, entre une et deux heures. Chaque jour. Le matin à l'aller, puis le soir au retour.

Ce check-point faisait peur. Il était lugubre. A mi-chemin entre une prison et un abattoir. Rien de bien accueillant ou de bien poli comme les contrôles de sécurité aux aéroports. Des barrières, partout des barrières, dans tous les sens, pour gérer et orienter le flot de franchisseurs de frontières. Comme les files d'attentes pour les manèges les plus populaires dans les parcs d'attractions. Mais là, point de manèges. Point de princesses souriantes agitant délicatement la main pour saluer les petites filles, ni de gentille petite souris en smoking. Des tourniquets, ah tiens aussi des tourniquets ! Les murs étaient froids et austères, comme un hôpital peint en bleu pale. De la tôle ondulée, des lampes à halogène éblouissantes au plafond. Encore de l'acier et des barrières. Le sol froid comme ses murs, du béton.

Cet endroit irradie de gaieté et d'amour ! se disait chaque matin Mr Allaoui.

— C'est ta faute aussi, pourquoi tu es en retard ? remarqua Adil. Ça fait une heure que je suis là. Ton réveil n'a pas sonné ?

— Si, il a sonné mais pas à la bonne heure ! Désolé. J'ai oublié le changement d'heure. Non mais je commence à en avoir vraiment marre là !! cria-t-il au soldat israélien.

— Mais qu'est-ce qu'il t'arrive là, tu as craqué ou quoi ? commença à s'inquiéter Adil, inquiet d'éventuelles représailles.

Ce brusque haussement de voix fit tourner la tête d'un jeune homme qui attendait de l'autre côté du check-point. Il était à environ trente mètres et regardait la scène. Il n'entendait pas tout, juste que le ton montait entre ce palestinien et l'officier, qui n'était autre que son cousin. Les tensions entre les deux peuples n'avaient fait que s'envenimer depuis l'apparition des cubes. Le jour J, ça avait été la panique dans tout l'Etat hébreu. Une attaque ! On va tous mourir ! beuglait-on dans les rues. La paranoïa habituelle avait fait un brusque bond en avant. L'armée avait été rassemblée et l'on s'apprêtais déjà à lancer les premiers missiles sur les attaquants. Avec les heures, le pays se rendis compte que c'était plutôt toute la planète qui était attaquée. Puis quand on vit qu'il ne se passait rien, Israël rangea ses armes jusqu'à la prochaine fois. Il fallait maintenant plutôt gérer le flot de pèlerins qui voulaient voir Jérusalem une dernière fois avant de mourir ou s'accorder le pardon de leur Créateur. A l'exemple des pèlerinages à La Mecque, des quotas par pays s'instaurèrent. Tsahal, Shin Beth et Mossad collaboraient joyeusement main dans la main, oubliant les guerres fratricides du passé. Une certaine unité était même revenue dans le pays autrefois divisé sur la question palestinienne.

— Je suis vraiment fatigué et j'en ai marre, repris Mr Allaoui, toi et ton pays…

— OK, Sidi, sur le côté maintenant, sur le côté, répondit l'officier. Félicitations, tu as gagné la totale ! Tu me sors tous tes papiers, interrogatoire et fouille intégrale !

— En quel honneur ?

— Bah en l'honneur que t'as ouvert ta grande gueule ! Tu es content ?

En cet instant, le jeune homme qui regardait la scène depuis tout à l'heure décida d'appeler son cousin. Mr Allaoui se dis qu'il devait avoir inspiré de la pitié ou de la compassion à cet individu qui avait l'air tout aussi gêné que lui par la situation. Il préférait sincèrement en son for intérieur que ce fut de la compassion. Inspirer de la pitié était un sentiment détestable. Le soldat se retourna, aperçu le jeune et lui sourit. Mr Allaoui fulminait à côté.

— Eh bien lui au moins il vous fait sourire ! dit-il.

— Oui, c'est mon cousin. Il arrive de l'étranger et ça fait des années que je ne l'ai pas vu.

Le jeune homme s'avança vers le soldat qui lui expliqua qu'il venait juste de prendre son service et ne serais pas disponible avant quelques heures. Il lui donna des clés et repartis voir Mr Allaoui. Le jeune homme dévisagea Mr Allaoui qui le regarda également. Ils avaient la même taille, la même carrure, les cheveux courts, le teint halé des habitants du coin, les yeux verts tous deux. Ils avaient l'air si semblable mais 4339 ans et un monde les séparaient. Une guerre aussi. Une guerre larvée, moderne et silencieuse. Une guerre mentale, avec le monde entier qu'ils engrenaient avec eux. Le cousin du soldat tenta de dissuader l'officier d'embêter le Palestinien. Après tout, ce n'était qu'un de plus. Et surtout le regard de ce Palestinien ne lui plaisait guère. Heureusement qu'il n'y avait rien de tranchant à portée. Ce fut la chance de Mr Allaoui. Le soldat décida de le laisser filer.

— Bon allez vas-y. Tu as de la chance que mon cousin soit là. Dégage.

Mr Allaoui pris le temps de dire merci, au revoir, et bonne journée, non sans un sourire ironique et traversa enfin le check-point. Son ami Adil le rejoignit 15 minutes après.

— Mais tu es fou toi ou quoi ? commença-t-il. Qu'est ce qui t'as pris ? Tu es à bout de nerfs, détends-toi un peu, repose-toi, tu sais bien qu'on n'a pas le choix.

— Justement, c'est bien ça le problème. On n'a pas le choix. Allah me donne le libre-arbitre et eux me le supprime.

— Qu'est-ce qu'Allah a à faire avec tout ça ?! Ce n'est pas lui qui est au check-point.

— Dès fois, je comprends pourquoi ils s'entourent d'explosifs et vont se faire sauter dans le centre-ville.

— Espèce de crétin, le coupa Adil en lui donnant une tape sur l'arrière de la tête. C'est un des plus grands crimes aux yeux de Dieu justement !

— Pourtant il me semble que l'on a le droit de se défendre et de tuer si sa vie est menacée non ?!

— Elle est menacée ta vie là ?! Non, c'est juste un check-point qui t'énerve, c'est tout.

Ils continuaient tous les deux à marcher à pieds le long de la route. Cette route aride et sèche où l'on ne retient que la poussière et les cailloux. Le souffle chaud du désert qui monte jusqu'à vous faire suffoquer. On se demande toujours ce qu'on fait dans un endroit où il n'y a rien. Quelques oliviers, quelques agneaux, symboles désuets. Le bus n'était pas passé ce matin. Il allait falloir marcher jusqu'à trouver un autre moyen de transport pour franchir les dix kilomètres restant jusqu'à Jérusalem.

— Quand je vois tout ce qu'on a répandu sur cette terre, dit Mr Allaoui, je me dis qu'elle n'a rien de sainte, mais plutôt maudite. On raye tout, on bétonne et on condamne pour 1000 ans comme Tchernobyl ! Ce serait un grand service que l'on rendrait à l'humanité.

Une deuxième tape sur la tête de la part d'Adil. Ce dernier commença à l'insulter dans un langage des plus inénarrables.

— Tu as donc perdu toute foi et toute raison. Tu fais tes prières au moins ?

— Oui je les fais, cinq fois par jour. Et c'est justement parce que j'ai toute cette foi et tout cet amour que je suis d'autant plus révolté. Si mon cœur en était vide, je ressentirais moins la peine. Je n'aurais pas ce feu qui brule en moi. Ce ne sont que des pierres après tout.

La troisième tape d'Adil solda définitivement le débat. Le reste de la route fut silencieuse jusqu'à l'arrivée à Jérusalem. Adil n'arrêtait pas de jouer avec son cube dans la main. C'était devenu sa boule anti-stress à lui. Mr Allaoui ne pouvait pas faire de même. Malgré toutes les supplications de son meilleur ami, il n'avait jamais voulu lui faire voir son cube, prétextant soit que c'était quelque chose d'intime, soit qu'ils étaient tous les mêmes de toutes les façons, soit que ça n'avait aucun intérêt. Adil trouvait ça curieux bien évidement. Sa femme, ses enfants, tous ceux qu'il connaissait, en avaient un et lui avait montré. Mais Adil ne se doutait tout simplement pas que Mr Allaoui n'avait pas de cube. Mr Allaoui remercia dans sa tête le cousin de l'officier qui lui avait permis d'échapper à une fouille complète. Sans lui, peut être que le soldat se serait rendu compte qu'il n'avait pas de cube et qui sait ce qu'il lui serait alors arrivé.

Chapitre 15 - Shalom !

Lundi, dans la soirée.

Tao et Abdel était en train de discuter ensemble, chacun derrière son écran d'ordinateur.

— Vous comptiez donc prendre le bateau depuis la Turquie jusqu'en Israël ? lui demanda Abdel. Toi qui détestes le bateau, j'aurais bien voulu voir ça !

— Eh oui ! On s'était dit que les contrôles aux ports étaient moindres que dans les aéroports et en plus il ne restait même plus une seule place pour les six prochains mois. Heureusement que ta copine Kristen a un jet privé ! C'est gentil de votre part de venir nous chercher à Istanbul pour nous escorter jusque là-bas avec ce putain de petit cube nazi.

— On a tous une raison d'y aller aussi. Chacun selon sa conscience. Vous avez le cube de Wewelsburg et les contacts à l'aéroport de Tel Aviv, ainsi que vos petits cubes colorés. On a l'avion et le reste des petits cubes colorés ! Fallait bien qu'on se croise, qu'on se rejoigne. J'ai un tel mauvais souvenir de cet aéroport. Je t'avais raconté comment ils m'avaient fait vider mon flacon de shampooing ?

— Non mais tu me le raconteras une prochaine fois. Tout le monde est prêt là, c'est bon on y va ! A tout à l'heure mon ami !

— OK ! Bon vent. A tout à l'heure, conclu Abdel.

Kristen avait fait une nouvelle fois jouer ses relations et son charme blond. Toujours aussi dévoué, son producteur avait accepté de prolonger le prêt du jet, prêt à traverser des océans pour elle, dans l'espoir lointain de quelconques charmantes faveurs ultérieures.

L'équipe de Casablanca quitta l'appartement d'Abdel et se dirigea vers l'aéroport. Jésus se dit qu'il n'avait pas vu grand-chose de cette ville et le regrettais. En revanche désormais, il connaissait bien la route entre l'aéroport et la ville, la seule qu'il n'aurait jamais fait au Maroc, lui qui voulait découvrir le royaume jusqu'à ses frontières méditerranéennes et Tanger. L'avion décolla avec ses sept passagers à destination d'Istanbul. Il leur fallu cinq heures pour rejoindre l'ancienne Constantinople, où les attendais leurs nouveaux compagnons à l'aéroport. Une courte escale juste le temps de les faire grimper dans l'appareil. Alexandra à son tour, comme Jésus précédemment, regrettait de ne pouvoir admirer Byzance, cette ville avec tant de noms, de mosquées et de merveilles. Avec des ponts entre des peuples et des religions.

Elle fut la première à saluer les nouveaux passagers et bondit dans les bras d'Angela sa plus ancienne et fidèle amie. Elle salua ensuite Tao et Moshé qu'elle avait déjà croisé une fois à Casablanca, lors d'un diner d'affaires. Jeremy et Omar serrèrent la main de Zubair. Kristen le suivi et enlaça sensuellement son réalisateur sous les yeux médusés de Macha qui rivalisa en serrant Jésus dans ses bras. Tao et Abdel échangèrent une vive accolade et éclatèrent de rire. Shakti n'eut personne à serrer dans ses bras ou à embrasser.

L'atterrissage en Terre Sainte fut silencieux et glacial, en pleine nuit, quelques minutes après quatre heures, le mardi. Pas un seul mot ne sortis des douze bouches. Que répondre si les officiers des douanes leurs demandaient d'où provenait ce cube solitaire, sans propriétaire ? C'était inconcevable. Chaque cube avait obligatoirement son humain. Mais là ils étaient sur la terre de

Moshé. Moshé dont l'oncle Lior n'était ni plus ni moins que l'ancien directeur de la sécurité de l'aéroport Ben Gourion à Tel-Aviv. Et l'actuel directeur n'était autre que le plus ancien et le plus fidèle Lieutenant de Lior, qui considérait ce dernier comme son mentor et se sentait éternellement redevable de tous ce qu'il lui avait enseigné. Quelle chance en effet ! Ou bien étais-ce peut être un peu plus que de la chance ?

Quelqu'un doit bien s'amuser à placer ses pions, se disait Moshé de plus en plus souvent.

Pourtant, le début de vie de Lior avait été des plus difficiles. Il était né dans un camp de concentration, plus précisément à Niederhagen en janvier 1945. Dans les camps, les enfants étaient condamnés à mort avant même leur naissance. Quand les officiers nazis n'avortaient pas de force les femmes enceintes dans les conditions les plus inhumaines, les nouveau-nés, à peine sortis des entrailles de leurs mères, étaient soient noyés, jetés dans le feu, enterrés vivants ou étranglés. Sous les yeux de leur mère. Les rares survivants servaient de cobayes aux expérimentations médicales des scientifiques du troisième Reich. Expériences sur les maladies, les virus, les hormones, la stérilisation. Lior faisait partie de ces enfants.

Il avait enduré et survécu trois mois durant à toutes leurs tests, jusqu'au jour où les américains libérèrent le camp. Sa mère, Rachel avait été tuée par un gardien du camp alors qu'elle tentait de s'enfuir, sous les yeux de sa sœur Rebecca, le jour même où les américains libérèrent le camp. Triste ironie ! Sa tante Rebecca l'avait alors recueilli et élevé comme son propre fils au Maroc, où elle s'était installée après la guerre. Elle ne voulait plus jamais entendre parler de l'Europe. Peut-être que le fait d'avoir vu le mythique film de Michael Curtis, Casablanca, sorti en 1942 avec Bogart et Bergam l'avait également quelque peu influencé. Il y était question de réfugiés qui fuyaient l'Europe et venaient au Maroc. Six ans plus tard, elle se maria et donna naissance à Alyah, la maman de Moshé. Lior veillât sur Hadaya comme sa propre sœur, comme sa tante et désormais mère adoptive avait veillé sur lui. A dix-huit ans Lior parti vivre en Israël. Il avait été recruté par le Shabbak, le service de sécurité intérieure du pays. Il aimait sa devise « le défenseur qui ne doit être vu » et préférait cette agence de renseignement au Mossad dont la devise lui plaisait beaucoup moins « par la tromperie, la guerre tu mèneras ». Comme quoi, des choix de vies peuvent être influencés par des mots. Il y avait accompli une brillante carrière jusqu'à accéder au poste de directeur de la sécurité de l'aéroport international de Ben Gourion, avant de partir pour une retraite bien méritée. Après l'appel téléphonique de Moshé lui annonçant sa prochaine venue en Israël avec des amis, l'ancien directeur avait demandé service à son successeur, non content de pouvoir faire plaisir à son mentor qui l'avait si excellement formé. La petite tribu eu droit à un traitement VIP dès son arrivée, sans aucune fouille ni contrôle. L'ancien grand patron, que la majorité des hommes de la police des frontières avait bien connu, avait donné des ordres. Car Moshé lui avait tout simplement raconté tout ce qui lui était arrivé, notamment l'histoire du vilain petit cube. Il ne voyait pas d'autre alternatives, et puis, c'était son oncle après tout ! Lior ne fut pas surpris. Moshé avait cru toute sa vie qu'il était le seul auquel sa grand-mère Rebecca avait raconté cette histoire mais elle en avait également informé son fils adoptif Lior. Qui était également parfaitement d'accord avec Moshé sur la nécessité de le rapatrier en toute discrétion en Israël.

Les douze amis prirent plusieurs voitures gracieusement prêtées par les amis de Moshé et roulèrent de Tel-Aviv à Jérusalem. Arrivés dans la ville sainte, Moshé leur expliqua qu'il devait d'abord aller récupérer les clés de l'appartement que son cousin voulait bien leur prêter.

— Quoi ? s'étonna Tao. Mais il est 5 heures du matin ! On fait quoi ? On attend dans la rue ?

— Non allez au café, expliqua Moshé. Ils sont quasi tous ouverts jour et nuit vu l'afflux de pèlerins. Ecoutez je suis vraiment désolé mais c'est tout ce que j'ai trouvé comme solution. De toutes façons ce n'est pas grave, il ne bosse pas loin, c'est à quinze minutes, je n'en ai pas pour longtemps. Prenez un bon thé, un bon café et après on va tous dormir.

— Oh oui ! acquiesça Alexandra. Dès que tu reviens je dors ! Toute la journée s'il le faut. J'ai vraiment besoin d'un break après tout ce trajet. On visitera la ville demain et on verra ce qu'on peut faire.

Moshé fila en vitesse au Check-Point 300. Malheureusement son cousin était quelque peu occupé à fouiller des palestiniens, dont un qui commençait à s'énerver.

Vous êtes chiants comme la mort ! l'avait-il entendu râler.

Il décida d'aller quand même voir son cousin et lui suggéra de laisser filer cet énergumène pour pouvoir récupérer les clés au plus vite et ainsi installer ses amis. Mr Allaoui partis d'un côté, Moshé de l'autre.

Moshé retourna assez vite à Jérusalem. A 6h il récupéra ses troupes au café, les mena à l'appartement qu'il ouvrit et y installa ses amis qui s'écroulèrent tous dans les lits, canapés et divans disponibles pour un sommeil réparateur jusqu'à midi, en ce mardi matin.

Mr Allaoui alla travailler, fini son labeur, repassa le Check-Point et s'écroula aussi après cette journée épuisante. Le soir il fit son quatorzième rêve. Dans ce songe, il vu toute la vie d'un jeune homme avec une histoire familiale tourmentée et dramatique. Ce n'est que quelques minutes après son réveil qu'il prit conscience qu'il s'agissait de ce jeune homme au check-point. Celui qui avait demandé des clés à l'officier qui le fouillait. Mr Allaoui ressenti un gout amer dans sa bouche et pesta. Pour une fois qu'il rencontrait en vrai une de ces personnes dont il rêve ! Et il avait filé sous ses yeux ! Qui sait quand il le rencontrerait de nouveau ? Aurait-il le courage de demander à l'officier qui était son cousin et comment entrer en contact avec lui ? Certainement. Quelque part l'éventail des possibilités et des choix s'amenuisait. Mais lorsque Mr Allaoui arriva le lendemain au Check-point, l'officier n'était pas là. C'était tout simplement son jour de congé.

Chapitre 16 - Rachel et Sophie

La nuit est claire, songea Sophie. *Pas un nuage. On voit tout, toutes les étoiles, la lune, la forêt. Les hiboux hululent et on entend des légers bruissements dans les arbres. Peut-être des animaux, peut être le vent. Les bois ont l'air si sombre et si lumineux à la fois. Un doux clair-obscur. Un univers qui n'est pas le nôtre à nous autres êtres humains, surtout la nuit. Toujours peur de se perdre et de tomber sur le grand méchant loup ou une vilaine sorcière dévoreuse d'enfants. Les arbres. Les contes. Ce qu'on nous raconte depuis qu'on est tous petits. Notre imaginaire collectif. L'air est chaud en cette saison, on peut laisser les fenêtres ouvertes, c'est agréable.*

Sophie se laissait doucement aller à cette rêverie nocturne, assise sur le rebord de sa grande fenêtre. Son élégante et longue chemise de nuit de soie bleue s'accordait au paysage qu'elle admirait. Elle passa une serviette humide sur sa nuque désormais dégagée par une nouvelle coupe courte qui était à la mode cette année-là. Les cheveux courts et ondulé dans une savante mise en pli quotidienne. Il faisait vraiment chaud. Beaucoup trop chaud même pour cette époque de l'année. Ce n'était que le début du printemps, début avril. Sophie regarda la petite table posée à côté d'elle et la vieille horloge que sa grande mère lui avait confiée. Les lumières de la pièce étaient tamisées. Sophie n'aimait pas la grande clarté à cette heure si avancée de la nuit. Elle lui préférait la quiétude des petites flammes virevoltantes des bougies qu'elle avait allumé un peu partout dans sa chambre.

Il faudrait enlever ces grands rideaux de taffetas pourpre, je suis sure qu'ils retiennent la chaleur, constata-t 'elle.

Les hommes étaient tous en bas, encore et éternellement affairés à leurs préoccupations d'hommes. Le pouvoir, la stratégie, les alliances, les complots. Sophie détestait tout cela, non pas qu'elle n'y comprenait rien, mais que cela la dégoutait. En même temps qu'elle y pensait, elle serait son crucifix sur son cœur et respirait l'air chaud de ses terres. Un oiseau vient chahuter à sa fenêtre. Surprise, Sophie poussa un léger cri et fait tomber par l'ouverture le livre qu'elle tentait de lire avant l'irruption de ses rêveries nocturnes et solitaires. Mince, il faisait trop nuit pour aller le récupérer en bas. Elle le ferait demain au lever du jour.

Sophie continua ses vagabondages spirituels encore une bonne paire d'heure jusqu'à ce qu'elle entende quelqu'un monter les escaliers qui menaient à sa chambre. Ce devait être son mari Hans. Il ouvrit la porte avec un sourire radieux et malicieux, l'air fier et conquérant. Cela amusa presque Sophie. Elle se disait qu'Hans avait l'air d'un enfant qui avait trouvé un nouveau jouet. Cela dénotait avec son uniforme et son emblème avec un aigle, une tête de mort et des os. Sophie n'avait jamais aimé cela mais elle faisait partie de toutes ces voix qui restèrent silencieuse quand les horreurs commencèrent. Sa vie ou celles des autres.

— Vous avez fini votre assemblée ? demanda Sophie à son époux en quittant sa fenêtre et en se dirigeant vers lui. Je vais me chercher une serviette fraiche, il fait anormalement chaud aujourd'hui, je ne comprends pas. Et tous ces travaux, c'est d'un pénible. Cela va bientôt finir ?

— Sophie, mon amour, c'est un jour historique ! lui répondit Hans l'air exalté. Ma chérie, cette nuit nous avons accompli l'impensable, l'irréalisable…l'inespéré !

Sophie se raidit immédiatement. Elle repensa à ce qui se disait entre les épouses des dignitaires SS vivant à Welwelsburg. Les déportations, les camps, les exécutions, tout le monde était exalté, on n'entendait parler que de régénérescence, apogée, âge d'or, nombre d'or, Thulé. Elle avait vu les corps décharnés des ouvriers qui venaient bâtir et agrandir le château. Les joues creuses, les yeux globuleux, les gestes lents des gens en train de mourir. Elle passait à côté d'eux matin et soir quand elle quittait et rentrait au château pour aller dispenser des soins à l'hôpital du bourg. Que pouvaient donc Hans et ses amis faire de pire encore ? C'était ça qui l'inquiétait. Hans sortit alors de sa poche un petit objet, un petit cube, tout lisse, tout noir. Il n'avait rien de spécial. Sophie se demanda si son mari ne perdait tout simplement pas la tête avec toutes ces atrocités.

— Vois et admire, s'exalta Hans.

— Un cube ? C'est un cube, rien qu'un petit cube Hans. En quoi est-ce si fantastique ?

— Ce n'est qu'un simple cube comme tu le crois, mais il va permettre à notre rédempteur de triompher.

— Tu veux parler de notre Seigneur-Christ ? Je ne pense pas qu'il ait besoin de cet objet pour triompher.

Hans laissa éclater un rire gras et sonore qui ne plut pas du tout à Sophie. Il avait changé depuis leurs 18 ans et leur première rencontre. Hans avait pris une route qu'elle n'avait pas comprise, et il était parti trop loin sur cette route pour qu'elle puisse le rattraper.

— Je n'ai jamais parlé du Christ ma chérie. Mais je n'ai pas envie de rentrer dans ce débat là avec toi, pas ici et pas maintenant. Je sais que tu ne m'approuves pas depuis quelques temps. Je sais que tu ne t'entends pas avec les autres épouses. Mais tu verras, tu y viendras toi aussi. Allons-nous coucher, cela vaut mieux. Ma journée a été épuisante.

— Oui allons-nous coucher, peut être que demain tu auras l'esprit plus clair. Et je ne veux pas de ça dans ma chambre, si ça n'a rien à voir avec Dieu. Emmène-le ailleurs.

— Non, c'est moi qui dois veiller dessus cette nuit. Nous le cacherons demain. Il est encore trop tôt pour l'activer.

Sophie alla à la salle de bains, pendant qu'Hans, assis sur le lit, commença à enlever son uniforme et ses bottes. Le cube était posé sur sa table de chevet, juste à côté de lui. Tout en se coiffant devant le miroir, Sophie se dit qu'il devait encore s'agir d'une arme diabolique sortie tout droit de cette fichue salle en bas. Douze piliers pour douze hommes et un soleil noir sur le sol. Quelle idée ! Et à chaque fois qu'il revenait de cette salle et de ces assemblées si secrètes, Hans avait l'air de plus en plus perturbé. Sophie regarda tristement son mari à travers l'encolure de la porte de la salle de bains. Il avait arrêté de bouger, presque de respirer même on aurait dit, et fixait le cube. Un filet de bave commença à ruisseler à la commissure de ses lèvres.

Sophie senti immédiatement un sentiment de pourriture naitre en elle. Elle en avait presque le gout dans la bouche. Tout l'air, tout, tout devenait poisseux, l'atmosphère, les odeurs, elle avait l'impression de se faire submerger par une vague de boue pestilentielle. Elle avait mal jusque dans ses os. Ses yeux la piquaient et ses oreilles bourdonnaient.

Hans continuait à regarder le cube. La bave ruisselait de plus en plus, les yeux sortaient de leurs orbites. Hans attrapa le cube et s'agenouilla en le levant avec la main droite.

— Vas-y, fais-le, je suis à toi.

Et le cube commença à scintiller sur les angles et à dégager comme de fines particules.

— Hans !! cria Sophie en courant vers son époux.

Elle attrapa le cube et le jeta violemment dans un coin de la pièce. Hans repris ses esprits, essuya le filet de bave, regarda Sophie debout en face de lui, lui à genoux et hurla à sa femme.

— Tu ne sais pas ce que nous avons fait pour l'engendrer ! Va le ramasser immédiatement.

Il se rassit sur le bord du lit, bascula en arrière et s'endormit, épuisé. Sophie regarda le cube relayé dans un coin de la chambre. Tout petit, tout noir. Mais elle avait compris que c'était bien plus qu'un cube et qu'il allait infliger une grande terreur à l'humanité. Elle marcha vers le fond de la pièce pour le ramasser avec un bout de sa chemise de nuit. Elle ne voulait pas le toucher, il la dégoutait.

Sophie le jeta sur la table de chevet de son époux. Et s'allongea à son tour, au côté de son mari et s'endormi, la main sur sa poitrine, serrant son crucifix.

Le chant des oiseaux de l'aube la réveilla. Elle se retourna brusquement. Hans était toujours allongé à ses côtés, en train de dormir, le cube posé sur la table de chevet. Sophie sut qu'il fallait s'en débarrasser. Elle en avait rêvé toute la nuit. Ou plutôt cauchemardé. Mais comment faire ? Dès qu'Hans verrait que le cube n'était plus là, il l'accuserait. Et les personnes dans ce château n'hésiteraient pas à lui mettre une balle dans la tête. Ce cube devait être bien plus précieux à leurs yeux que sa pauvre existence. Quoique, elle avait peut-être un atout.

Sophie entendit des bruits dans le couloir. Elle se leva et ouvrit la porte. Elle vit Rachel, une des détenues du camp affectée aux travaux domestiques du château, en train de passer la serpillière sur le palier. Sophie referma la porte et n'hésita plus un seul instant. L'ennemi de mon ennemi est…

Elle prit délicatement le cube sur la table tout en regardant Hans. Les trois secondes les plus terrifiantes et les plus longues de toute son existence. Elle glissa jusqu'à la porte et alla voir la domestique d'un pas déterminée. Elle la souleva de terre avec son bras droit en lui tenant fermement le bras gauche et pris son air le plus terrifiant et menaçant.

— Ce cube est l'abomination la plus totale. S'ils l'ont, nous sommes tous perdus. Toi et ton peuple, garde-le le plus loin possible de nous ou bien c'est la fin de ta race.et de peut-être tous les êtres de cette planète.

Sophie lui mit le cube dans la poche, avant de retourner dans sa chambre et de s'étendre à côté d'Hans comme s'il ne s'était rien passé. Elle avait cet étrange sentiment de connaitre cette femme ou de l'avoir déjà croisé quelque part mais elle n'arrivait pas à se souvenir d'où.

Rachel était terrorisée. Cette épouse de dignitaire nazi était terrifiante.

La fin de ma race ? Comme si ça n'avait pas déjà commencé ! Alors que pouvais y faire ce cube en plus ? se dit-elle.

Rachel n'avait pas fini de passer la serpillière sur le pallier, mais descendit quand même à l'office, bien trop affolée parce que venais de lui dire cette dame. A la cuisine, elle retrouva Raci, un autre détenu du camp de Niederhagen affecté aux travaux du château. Il n'était pas juif mais ils s'étaient liés d'amitié dans ce camp, amitié de survivants. Et leurs nourrissons respectifs, le petit Lior et le petit Necati… oh que non elle ne voulait pas y penser, il se disait qu'on faisait des expériences sur eux, des expériences d'ordre médicales. Elle se refusait à penser à cela, non, il ne fallait pas, ça l'aurait tué de chagrin sur place, instantanément ! Raci rentrait le bois pour les fourneaux de la cuisine. A chaque buche, il avait l'impression de préparer d'autres fours, ceux qui sont plus en bas dans la vallée, ceux des camps. Ce sentiment finirait par le tuer si les nazis ne le faisaient pas eux-mêmes.

— Raçi, j'ai fini mon service de nuit, je m'en vais, lui expliqua Rachel.

— Qu'est-ce que tu fais là d'ailleurs ? Tu ne viens jamais au château la nuit normalement.

— Oui je sais c'est le travail d'Elia d'habitude. Mais elle s'est faite assommée par un livre tombé d'une fenêtre plutôt dans la soirée. Alors ils sont venus me chercher en vitesse pour la remplacer. J'ai fini, je file maintenant, je n'ai pas envie de me faire frapper.

Elle traversa le château en trombe, manqua de glisser une dizaine de fois et arriva in-extremis dans la cour où attendait le camion qui ramenait les détenus au camp. Elle grimpa vite dedans avant qu'il ne démarre. En partant, Rachel leva les yeux au ciel vers la fenêtre de la chambre de Sophie.

Arrivés au camp, Rachel retourna dans son baraquement. Ses compagnons de fortune dormaient. Elle aurait dû dormir aussi mais le destin en avait décidé autrement. Connerie de livre ! Elle s'allongea et voulut dormir quelque peu mais n'eut pas le temps de penser à cette hypothèse que les contremaitres ouvrirent la porte.

— Allez debout tout le monde c'est parti ! hurla un officier. Allez, on se bouge, on se lève et on nettoie. Le chef ne veut pas que vous tombiez malade. Ce serait dommage si vous tombiez malades, vous ne pourriez pas finir son beau château !!

Les soldats rigolèrent.

— Mais, mais, je viens de finir ma nuit de service au château, s'il vous plait, j'ai besoin de me reposer, tenta Rachel auprès d'un des officiers.

— Ce n'est pas mon problème, t'y vas, tu bosses.

Le garde attrapa Rachel par le bras et sorti du baraquement avec elle. Il marcha d'un pas rapide. Rachel cru sa dernière heure venue. Elle le supplia, tentant de se mettre à genoux, mais il la rattrapait à chaque fois. Ils traversèrent une partie du camp ainsi.

— Pitié, pitié, lui demanda Rachel les larmes aux yeux.

Le soldat jeta violement Rachel sur le sol des sanitaires, sa tête cogna le rebord de la planche en bois qui officiait comme cuvette.

— Aux chiottes la juive, aux chiottes ! Tu vas me récurer tout ça !

Et il partit en claquant la porte tout aussi violement. Rachel releva la tête, agenouillée, et regarda la porte fixement, une mimique de dégout sur le visage et de la fureur dans le regard.

— Ça va ? Ta tête ça va ? lui demanda sa sœur Rebecca qui l'avait suivi.

Rachel ne dit mot. Elle regarda Rebecca et commença à creuser la terre sous les toilettes. La puanteur était quasiment intenable. Elle avait envie de vomir mais sa rage était plus forte que tout. Elle se cassa plusieurs ongles. Sa sœur ne tenta même pas de l'arrêter. Sa détermination aurait pu briser une arme. Quand le trou fut assez grand et profond, Rachel sortit le cube de sa poche et le déposa au fond. Elle reboucha ensuite le trou et regarda fièrement la porte tout en pensant à l'officier qui venait de l'assouvir.

—Ton cube...ton cube, eh bah les juifs ils vont lui chier dessus !!

Et elle commença son labeur. Rebecca à coté ne savait que dire. Elle manquait de tomber à chaque pas à cause de la faim. Et qu'est-ce que c'était que ce cube ? Mais elle avait bien d'autres préoccupations.

Les sirènes hurlèrent depuis le château. C'était mauvais signe, il avait dû se passer quelque chose. Plusieurs camions débarquèrent en trombe dans le camp. Les prisonniers furent immédiatement tous rassemblés et alignés dans la cour. Dans un camion, Rachel vit

Sophie. Elle portait des traces de coups sur le visage et du sang ruisselait de ses mains qui tremblaient et avaient l'air brisées.

Le commandant en chef du camp fut immédiatement convoqué par un autre, un officier SS, certainement bien plus important vu le ton qu'il se permettait de prendre et vu les hochements de tête et l'air inquiet du responsable de Niederhagen. Il venait du château.

— Que tous ceux qui sont allés au château cette nuit fassent un pas en avant ! tempêta le commandant du camp.

Les détenus obéirent. Rachel aussi. Elle était déterminée. L'officier SS chuchota quelque chose à l'oreille de la femme aux mains brisées. Elle ne répondit rien. L'officier SS pris la parole.

— Cette femme a dérobé quelque chose cette nuit au château. Cette traitresse ! Quelque chose d'une grande valeur. Et elle l'a donné à l'une d'entre vous qui passait la serpillière sur le palier de sa chambre. Elle prétend ne pas se souvenir de son visage à cause de la panique. Alors sois la coupable se dénonce, soit j'abat tout le monde sur le champ.

Personne ne bougea. L'officier SS mit sa menace à exécution et commença à abattre les hommes, uns par un. Il ne pouvait prendre le risque de tuer une femme, c'était peut-être la subtilisatrice. Un, deux, trois…Rachel ne pouvait soutenir ce spectacle et cria.

— C'est moi ! C'est moi qui l'ai dérobé. Et vous ne le retrouverez jamais. Jamais, jamais, jamais ! hurlait-elle.

Sophie était paniquée, ils allaient la torturer et elle allait leur rendre. Elle était juste à côté d'un garde qui avait un revolver à la main. Elle pourrait lui prendre et abattre Rachel. Mais non, ses mains en étaient incapables. C'était peut-être pour cela qu'on le lui avait brisé d'ailleurs. Quand Hans s'était réveillé il avait vociféré et l'avait attrapé comme une bête.

— Où est-il ? Où est-il ?? Sale chienne !!

Elle qui pensait jouer la comédie ou l'amadouer, n'avais pourtant pas prévu une telle réaction. Il l'avait alors enfermé dans la chambre et n'étais revenu que quelques minutes après avec le plus haut responsable du château. Ce dernier lui avais d'abord dis « Bonjour Madame » avant de commencer à la frapper violemment, pour finir par lui briser les mains avec un tisonnier. « Comme ça tu ne voleras plus rien. Où est-il ? » A ce moment-là, Sophie avait failli. Elle avoua en pleurant qu'elle l'avait donné à une détenue qui passait la serpillière dans le couloir au petit matin.

L'officier SS s'approcha de Rachel et lui dit juste en face.

— Alors tu vas regarder tous les tiens mourir, un par un, lentement, inexorablement.

— Non. Non. Je ne vais pas les regarder mourir.

Et elle s'élança vers la droite comme pour tenter de s'enfuir. L'officier hurla de ne pas tirer mais Rachel savait que les gardiens avaient la gâchette facile et que leurs réflexes les trahiraient. Et elle avait raison, les balles avaient fusé avant que l'officier eu le temps de finir sa phrase. Elle s'écroula. Sophie cria. On ne saura jamais si c'était de souffrance ou de soulagement. La seule personne au monde à savoir où était ce cube était morte. Mais c'était à cause d'elle. Les gardes fouillèrent la dépouille de Rachel de la manière la plus obscène, écartant les moindres recoins de son cadavre nu et décharné dans la boue. Rien.

L'officier SS, ivre de colère, dégaina son arme et pointa son revolver sur Hans.

— On t'avais dit d'en prendre soin plus que de ta propre vie.

Et il tira. Hans tomba à terre, une balle entre les deux yeux.

— Bien. Maintenant que vous avez vu ce que je suis capable de faire à un des miens, imaginez ce que je vais vous faire à vous. Qui a vu cette femme depuis son arrivée au camp ? Je veux retrouver l'objet.

L'officier marchait de droite à gauche en face des lignes de prisonniers. Personne ne répondit.

— Je vais retourner la moindre petite partie de ce camps, morceau par morceaux, cailloux par cailloux, et je le retrouverais. !!

L'officier hurlait. Il n'arrivait plus à maitriser sa colère. Colère qui s'apparentais plus à de la panique désormais. Rebecca était pétrifiée. Elle avait vu Rachel dissimuler l'objet et elle venait de la voir périr sous ses yeux. Les larmes roulaient sur ses joues, elle se souvenait de tant de choses vécues avec sa sœur mais elle savait aussi que ce cube ne devait jamais réapparaitre. On entendit un éclat de mortier au loin. Plus un autre plus près et une bruyante explosion tout à côté. Un officier de liaison arriva en courant et en criant.

— Les américains, les américains !

A ce moment les tirs redoublèrent d'intensité. Certains gardes commencèrent même à tenter de s'enfuir.

— On ne déserte pas ! On ne déserte pas ! beugla l'officier SS.

Il se mit à tirer sur les fugitifs, de tous bords. Il devenait fou. C'était la panique générale. Les soldats hésitaient entre fuir ou combattre. Les prisonniers hésitaient entre se cacher et attaquer leurs bourreaux. Sans arme, juste avec leur soif de vivre.

L'officier leva son arme sur Sophie, à genoux.

— Tu me le paieras en enfer salope !!

Mais Rebecca, avait récupéré un pistolet d'un des gardes abattus. Elle tira sur l'officier. Elle sentait qu'elle devait aider cette femme qui avait dérobé quelque chose d'une grande valeur pour les nazis et l'avais donné à Rachel pour qu'elle le cache. C'était peut-être une alliée et elle l'aida à se relever.

A la mort de cet officier SS, un consensus s'était immédiatement installé parmi les soldats restants, la fuite. Les prisonniers survivants se réfugièrent avec Sophie dans le baraquement le plus proche en attendant l'arrivée des américains.

— C'est quoi cet objet que vous avez dérobé ? s'enquerra Rebecca.

Sophie ne répondit pas. Rebecca était partagée. Avec la mort de Rachel, Rebecca était désormais la seule personne sur terre à connaitre la cachette. Si elle ne disait rien alors quand elle mourrait, le secret mourrait avec elle. Le cube resterait à jamais là, caché, oublié. Avec le risque qu'un jour quelqu'un le retrouve. Rachel ne voulait pas être la seule à savoir. Elle ne voulait pas porter un tel fardeau sur ces épaules. Elle regarda Sophie sanglotant, les yeux hagards, les mains brisées et ne doutant plus de sa loyauté, lui chuchota.

— Votre cube est sous les derniers toilettes à droite au fond du baraquement. Faites-en sorte que personne ne le retrouve jamais.

— Veillez de votre côté et je veillerais du mien, lui répondit Sophie.

Rebecca sortit du baraquement. La rencontre entre ces deux femmes ne dura que quelques minutes et elles ne se reverraient jamais.

A Niederhagen, chaque prisonnier avait une marque sur son habit pour pouvoir l'identifier. Les détenus politiques arboraient un petit triangle rouge. Les homosexuels, un triangle rose. Les criminels, un triangle vert, les vagabonds, un triangle noir et les témoins de Jéhovah, un triangle mauve. Les juifs une étoile jaune. Les nazis avaient élaboré ce système. Chacun avait sa marque. Et sa couleur.

Partie III - Grands départs

Chapitre 17 - Grande rencontre

Mercredi, dans la matinée.

— Ah donc le voilà ce fameux mur des lamentations ! se réjouis Jésus.

Main dans les poches, l'air enjoué et guilleret, le barbu brésilien arborait un large sourire. Pour lui, le baroudeur sans-frontières, encore une nouvelle aventure trépidante. Son tee-shirt blanc sorti de son treillis, bref toute sa manière d'être le faisait passer pour ces fameux hippies qui viennent dans Jérusalem en quête d'une quelconque ascension spirituelle.

— Fais gaffe, le dernier gars qui avais ton prénom et qui est passé par là a eu de sérieux problèmes quand même ! se hasarda à plaisanta Tao, tout aussi insolent, qui cherchait vaguement du regard quelques compatriotes de son continent.

Il fit la moue en voyant qu'il était vraisemblablement le seul dans le coin, toujours en train de se demander pourquoi. Il mit aussi les mains dans les poches de son jean et se tient à coté de Jésus, les deux en haut de l'escalier qui descendait vers le grand mur.

En bas la foule était dense, comme jamais elle ne l'avait été, ou peut être au détour d'une croisade moyenâgeuse et encore. Il fallait lutter pour se frayer un chemin et accéder jusqu'au mur. D'habitude calme, dégagée et invitant à une introspection sur la nature de l'existence, la place devant le lieu saint du judaïsme était noire de monde, autant que l'étaient les cubes. L'armée tentait tant bien que mal de juguler le flot des pèlerins, instaurant un système de roulement. Des barrières métalliques empêchaient d'accéder directement au mur, deux mètres de distance, deux mètres d'un corridor entre le flot d'armes en joue et les pierres. Une dizaine d'espace vides entre deux barrières permettaient de passer et de toucher le mur. Ces entrées étaient gardées par les forces armées israéliennes. Au compte-goutte, ils poussaient vite un pèlerin vers le mur. Il pouvait à peine approcher le mur des lamentations, déposer son petit papier avec sa prière, éventuellement embrasser la prière et les soldats qui gardaient l'édifice le poussait sur la droite ou la gauche, le laissant ensuite s'échapper grâce au corridor. A la chaine, toute la journée, toutes les nuits, les pèlerins se relayaient tout comme les soldats. Les hôtels étaient bondés, les chambres partagées, le climat permettait même aux plus volontaires ou aux moins chanceux de dormir dans les rues, à l'abri d'un porche ou sur un banc. Jérusalem était devenue la capitale de la misère spirituelle de l'homme. Ce n'étaient plus des prières à la gloire d'un Dieu généreux, mais les supplications d'une espèce en train de mourir. On oublie souvent de dire juste merci.

— Je n'ai pas franchement envie d'aller là-bas, dit Alexandra en croissant les bras l'air mal à l'aise. Il y a trop de monde et je n'en ai franchement rien à faire de m'approcher de ce mur.

— Non, moi non plus, répliqua Abdel, repris en cœur par Omar et Zubair.

Un groupe de touristes, voilà à quoi ils ressemblaient. Toute l'équipée avait sorti ses lunettes de soleil pour contrer un astre des plus arrogants dans les cieux du Moyen-Orient. Casquettes, chapeaux, jeans, treillis, jogging, la mode n'était plus pas la première de leurs préoccupations, hormis pour Kristen qui n'avait pas fait défaut à ses coquines robes à fleurs mais avait quand même pris la délicatesse d'arborer un châle pour recouvrir ses épaules voire ses cheveux dans cette ville trois fois sainte. Quel cliché ! La ville de toutes les plaintes plutôt.

— Guide touristique s'il-vous-plait ! demanda Jeremy.

— Oui c'est moi, répondit Kristen en sortant son petit dépliant. Alors, vous avez ici le mur des lamentations. Il fait partie du site religieux le plus important pour le judaïsme qui est le Mont du temple. Selon la Bible, le Temple de Salomon aurait été le premier Temple de Jérusalem, dont la construction se situerait aux alentours du Xe siècle av. J.-C. Il a été détruit une première fois par les Babyloniens vers 586 av. J.-C. Ensuite, le Temple a été reconstruit, agrandi et embelli sous le règne du roi Hérode vers 63 après JC mais détruit une seconde fois par les romains en 70, à la suite de la première guerre judéo-romaine. Et donc le mur que vous voyez date de cette époque justement. La partie la plus centrale du temple est désignée comme Saint des Saints car c'est ici qu'était conservée l'arche d'alliance.

— Ha ha on y vient ! souffla Tao à Moshé.

— Ça va, ça va, du calme… lui dit tendrement Moshé en lui caressant le dos avec une pointe d'ironie.

— Je reprends, tacla Kristen. Pour nos deux petits camarades ! Cette arche a donc disparu à la suite de la destruction du temple par les babyloniens en 586 avant JC. Le général romain Pompée avait témoigné qu'il n'y avait déjà plus d'arche dans le second temple. Cela fait donc super longtemps qu'elle a disparu et plusieurs hypothèses ont fleuri quant à sa localisation. Elle aurait été dissimulée par les prêtres quelque part dans un des nombreux tunnels souterrains du Mont du Temple, ou dans un autre endroit tenu secret, lors de la destruction du temple par les babyloniens. Ou bien elle serait conservée en Ethiopie car soit Ménélik 1er, le fils légitime du roi Solomon et de la reine de Saba l'aurait dérobé et ramené dans son pays, soit Salomon l'aurait lui-même offert en présent à la reine de Saba. Ou bien encore et ça, ça va t'intéresser Jérémy, le prophète Jérémie aurait participé à son camouflage et sauvetage en la dissimulant quelque part en attendant les temps messianiques.

— Hum, alors elle est où ? demanda Macha à Jeremy avec un air drôle et inquisiteur.

— Je ne vous le dirais pas, s'en amusa Jeremy. Non je rigole, je n'en sais rien moi. En revanche, je sais pourquoi on appelle ce mur le mur des lamentations, car cela a aussi un lien avec le prophète Jérémie. Eh oui j'ai bossé mon sujet ! Il faut toujours savoir d'où viennent nos prénoms, savoir ce que nous représentons, nous évoquons, les prénoms sont comme des symboles.

— Waouh ! Tu es devenu hyper-fort ! s'étonna Angela.

En ce mercredi matin, les onze amis avaient décidé de s'oxygéner les neurones en profitant des attractions touristiques locales selon les termes employés par Macha, car la veille avait été des plus agitée. A 4h, atterrissage à Tel Aviv, 5h arrivée à Jérusalem, Moshé file voire son cousin, 6h installation dans l'appartement, dodo jusqu'à midi puis réveil. Et là, ça avait été le festival. La fine équipe avait passée l'après-midi entière et un bon début de soirée à mettre en commun tous leurs savoirs, connaissances et compétences. Les heures les plus intenses de leurs existences. Ils avaient fait un immense puzzle ensemble et la dernière pièce placée, l'évidence s'était imposée. Pas de hasard, pas de coïncidences. Que du calcul, tout le temps, partout, une grosse et putain d'horloge cosmologique selon Shakti ! Tic, tac, tic et Tac. Trop bouleversés par leurs émotions, ils avaient besoin de recul et visiter Jérusalem une fois dans sa vie semblait en effet une alternative plutôt adéquate et agréable. Shakti avait préféré allait flâner seule de son coté, attirée par un besoin méditatif et contemplatif profond en cette ville. Je te raconterais son mercredi matin après, de même que le mardi après-midi de nos amis.

— Oui, certainement, s'enorgueillit Jeremy. Cela provient donc du prophète Jérémie, dont je porte le nom, et qui a écrit un recueil de cinq poèmes narrant sa peine à la vision de la destruction de sa ville et de la déportation de son peuple. Ces cinq poèmes sont regroupés dans ce que l'on appelle le livre de Jérémie ou livre des lamentations et se trouve dans l'ancien testament.

— Oui à part que ces lamentations proviennent en fait d'un auteur anonyme et ont certainement été rédigées en Palestine, souligna froidement Abdel. Et puis pour le temple c'est toujours selon la Bible car aucunes fouilles archéologiques n'attestent d'une telle construction. En même temps c'est vrai, je vous l'accorde, étant donné la situation politique, les fouilles sont interdites car il y a également à cet emplacement l'esplanade des mosquées. Et qu'on y trouve notamment la mosquée d'Al-Aqsa et le Dôme du Rocher, cette fameuse mosquée bleue au toit doré. Et qu'il s'agit là du troisième lieu saint de l'Islam après La Mecque et Médine. La mosquée d'al-Aqsa se situe juste en face de nous, derrière le mur.

— Oui tout à fait, renchérit Moshé. Le problème qu'il se pose, c'est que certains groupuscules politico-religieux ici en Israël militent pour la reconstruction du troisième temple. Ils interprètent cette reconstruction comme une obligation dans les textes sacrés du judaïsme. D'autant plus que selon eux, le Messie, ne pourra revenir que lorsque le temple sera rebâti. Or pour cela, bah…comment dire…

— Faudrait détruire la mosquée d'Al-Aqsa ! conclu Omar. Ce n'est pas ici que Jésus a chassé les marchands du temple en leur disant « Il est écrit : Mon temple sera appelé une maison de prière, mais vous, vous en avez fait une caverne de voleurs ! » ?

— Dis donc tu es rudement cultivé toi ! s'enthousiasma Kristen.

Omar agita son portable et lui répondit juste qu'il était sur Google. Jésus et Zubair se tenaient cote à coté, regardant au loin ce fameux mont et son mur. Un mur. Juste un mur. Fait de pierres. Zubair le regardait et se demandait de combien il avait fallu de petits cubes de grès pour le construire. Les uns sur les autres, les uns à la suite des autres.

— Si jamais ils font ça, ce sera la troisième guerre mondiale…releva Zubair songeur. Détruire la mosquée d'al-Aqsa, qu'ils essayent tiens ! On verra après ça si les musulmans sont toujours des fainéants.

— Ouais. Ça va vraiment chier ! renchérit Jésus avant d'être interrompu par un coup de feu et des cris.

— Viens, allons-nous-en, dit Macha en prenant la main de Zubair.

Un incident et c'était la répercussion générale, un mouvement de foule fatal. Les cris avaient reçu pour écho d'autres cris. Encore un coup de feu. Des hurlements cette fois. Le mouvement de foule commençait à s'emparer de vagues d'êtres humains. Le haut-parleur s'égosille à réclamer le calme. Pas de panique. Bien sûr pas de panique ! Pourtant elle avait déjà envahi toute la foule amoncelée devant le mur.

— Vite rentrons, suggéra Moshé. Quand ça commence ici ce n'est jamais bon signe.

Les amis quittèrent l'endroit et se dirigèrent vers les petites ruelles plus calmes traditionnellement. Ces petites ruelles pittoresques où les touristes qui flânent se prennent pour des explorateurs du 19eme siècle et hument les odeurs de l'Orient. Gâteaux, encens, bois travaillé, toutes ces odeurs qui vous pénètre par votre orifice olfactif et vous procure une certaine jouissance. Seulement là ce n'était pas le cas. La foule avait eu le même réflexe que la petite tribu et s'y était entassée. Les marchands de pâtisseries fourrées au miel et aux amandes rangeaient les grands plateaux dorés sur lesquelles elles étaient disposées et tentaient pour les plus rapides de fermer les rideaux métalliques de leurs échoppes. Certains badauds commençaient à courir à se bousculer, d'autres tombaient. Il fallait suivre le même rythme pour ne pas être blessé voire piétiné. Surtout ne pas tomber. Alors on avance, tout le monde avance, pris dans ce flot. Les regards dans tous les sens. Les douze amis se tiennent par la main pour ne pas vaciller.

Moshé les guide, il est le premier, il connait la ville, il y est venu tant de fois passer ses congés, voire sa famille, en des temps plus cléments. Avant.

Deux hommes avancent à contre sens dans la ruelle. Stupide idée ! Tout comme celle de vouloir demander à la foule de s'écarter pour les laisser passer.

— Pardon, s'il-vous-plait, nous devons aller travailler. Le réseau d'eau a besoin de ses techniciens !

Kristen se prend les pieds dans les pavés et menace de tomber. Elle se rattrape in-extremis au bras d'un de ces deux énergumènes. Poliment, il l'aide à reprendre son équilibre. Là où Kristen a réussi d'autres échouent. Les gens commencent à tomber les uns sur les autres et entrainent dans leur chute la petite bande.

Moshé le premier qui tombe en embarquant Tao qui tient Macha et donc Zubair. Abdel et Alexandra chutent à leur tour. Kristen dégringole alors ainsi que l'homme qui l'avait aidé à se relever tandis que Jésus, Omar et Angela s'étalent à leur tour. Jeremy se retient au mur mais tombe finalement à genoux face à l'autre homme qui remontait la ruelle.

Les affaires personnelles des uns et des autres s'étalent sur le sol. On ramasse sacs, téléphones portables et cubes. Surtout cubes.

— Purée ! Mais ce n'est pas possible ! Mais qu'est-ce que vous foutez à vouloir avancer contre la foule comme ça ? lance Omar à l'homme qui avait aidé Kristen.

— Excusez-nous, mais on doit aller travailler tout simplement, sinon on va être licenciés, explique Adil.

— Où est mon cube ? commence à s'énerver Kristen. Je ne trouve pas mon cube !

Accroupie sur le sol, elle le cherche entre les jambes des passants qui continuent d'affluer et manquent de lui marcher dessus. Mr Allaoui s'accroupit, ramasse le cube de Kristen et le lui donne avec un sourire d'une bienveillance infinie.

— Le voilà. Kristen. Je l'ai retrouvé.

— Comment vous connaissez mon prénom ? s'étonne-t-elle.

— N'es-tu pas une vedette de cinéma ? Tout le monde connait ton prénom !

Moshé attrape Kristen par le bras et la pousse derrière lui, dans un réflexe protecteur.

— Encore toi ? demande sèchement Moshé à Mr Allaoui. C'était toi hier au check-point. C'était toi qui te faisais fouiller par mon cousin. Ça fait deux fois qu'on se croise en deux jours. Ça commence à faire beaucoup.

Mr Allaoui hésite un instant, puis, se souvenant de ses songes, déclare solennellement :

— Je crois qu'il est temps que l'on parle Moshé. Vous tous aussi. Abdel, Alexandra, Kristen, Jésus, Macha, Omar, Tao, Jeremy, Angela et Zubair.

A l'énoncé de chaque prénom, Mr Allaoui avait regardé droit dans les yeux chaque personne.

— Merde ! comment il connait tous nos prénoms ? souligne Tao l'air perplexe.

De nouveaux cris retentissent et une explosion crée un immense nuage de poussière à quelques rues.

— Venez il ne faut pas trainer ici ! crie Moshé. On rentre. Et toi tu viens avec nous ! ordonne-t-il à Mr Allaoui qui ne se fait pas prier.

Mr Allaoui demande à Adil de poursuivre sa route seul. Adil ne se fait pas prier non plus et poursuis sa route de son côté. La petite tribu se dépêche de se mettre à l'abri dans des ruelles plus calmes. Tout le monde avance en silence. Quand la cadence se fait plus douce, Mr Allaoui en profite pour jeter quelques mots, plus forts que toutes les bombes de la planète.

— Vous avez tous un cube avec une tache de couleur, c'est ça ?

Tout le monde s'arrête, se retourne et le dévisage.

— Donc en plus de nos prénoms, il sait pour nos cubes, dit Tao.

— Et vous ? demande Alexandra. Vous avez aussi un cube avec une tache de couleur ?

Alexandra se dit qu'il faisait peut-être partie de cette petite tribu de gens aux cubes particuliers.

— Non, répond Mr Allaoui. Il n'y a pas de tache de couleur sur mon cube. Tout simplement car je n'ai pas de cube. Et que je n'en ai jamais eu.

L'assemblée est consternée. C'est un phénomène sans précédent. Mais Kristen émet une réflexion des plus douteuses et suspicieuse, emplie de mépris.

— Il est à vous alors le cube noir du Wewelsburg ? demande-t-elle suspectant une éventuelle corrélation entre ce palestinien et les nazis.

— Ah ! Vous l'avez récupéré à Niederhagen alors ? C'est une bonne chose. Sophie et Rachel avaient juré qu'il ne serait jamais retrouvé mais aujourd'hui un autre destin l'attend. Non, il n'est pas à moi. Mais je vous dirais ce qu'il faut en faire. Lequel d'entre vous le porte ?

— Aucun d'entre nous, répond calmement Macha. Il est dans notre appartement. Maintenant il faut tout nous expliquer. Et vous allez donc venir avec nous.

— Avec grand plaisir ! Mais il en manque une non ? Où est-elle ? Où est Shakti ?

Chapitre 18 - Les meubles

Un petit peu d'architecture intérieure n'a jamais fait de mal à personne.

Ce qui interpelle en tout premier lieu dans ce bureau du dernier étage d'un gratte-ciel, comme on en voit si souvent dans les films sur la haute finance américaine, ce sont les deux magistraux canapés de cuir blanc qui trônent au centre la pièce. Une multitude de coussins de toutes matières et couleurs sont disposés dessus. Des noirs en plumes, des blancs en velours, des rouges vifs en soie, des verts en taffetas, des oranges en cuir, des bleus, des mauves, turquoises, bruns, des jaunes et même des dorés et des argentés. Beaucoup de couleurs, mais pas réellement d'harmonie, ni d'équilibre. Aucune homéostasie. Une immense table basse en verre se tient entre les deux canapés. Elle est entièrement vide, rien n'est posé dessus. Pas même un petit bibelot ramené d'un voyage lointain, si bien que l'on se demande à quoi elle peut bien servir. Derrière ce salon où les invités de marque aiment savourer leur café en regardant les lumières s'allumer dans la ville qui ne dors jamais, un magistral bureau ancien donne un peu envie de vomir. Il est tellement chargé en moulures et sculptures sur ses pieds et son pourtour que l'on se demande s'il n'a pas été régurgité par une ténébreuse créature la nuit dans les bois. Sa couleur est peu ragoutante également, une sorte de marron caca d'oie quoique légèrement assorti avec certains des coussins des canapés blancs. Bref nous étions loin de l'élégant secrétaire style directoire du 18ème siècle mais plus d'un bureau qui aurait servi de table de torture dans les sous-sols d'un château forts du moyen âge…à l'époque de la peste. Les stylos sont correctement alignés, tout comme les feuilles de papier et le presse-papier. L'ouvre lettre ne déborde pas d'un millimètre. Enfin, derrière, l'immense bibliothèque qui occupe tout le mur. Des centaines de livres de tous les âges, de toutes les couvertures et reliures. Majoritairement de la politique, de l'économique, du social. Un peu de philosophie aussi et de psychanalyse. Beaucoup sur les religions. Les contes de Grimm quelque part au détour d'une étagère. Tout à sa place dans cette pièce. Tout est parfaitement symétrique, mais globalement disharmonieux. Une impression d'agression par les formes, de bordel par les textures et de nausée par les couleurs.

Pourtant l'occupant de ce bureau est des plus élégant. L'armée de secrétaires qui officient dans l'antichambre ont toutes un léger frissonnement et les cuisses qui se serrent quand il arrive le matin. Son costume trois pièce lui va à ravir, des meilleurs tissus et tailleurs de la ville. Ce petit veston le cintre et révèle sa musculature qui lui donne encore plus l'impression d'être le mâle qui va vous protéger. Une épingle de cravate, deux boutons de manchette, une lueur dans un œil malicieux, un sourire carnassier et c'en était fini de cette d'armada d'assistantes prêtes à se faire soulever même sur l'horrible bureau.

C'est sur le côté, face à une fenêtre, que se trouve Mr Zurkel, debout. Il tient ses mains dans son dos, les jambes légèrement écartées, la tête un peu baissée, quasi posée sur la fenêtre et contemple la vue. Il admire à la fois le paysage, vu d'en haut et à la fois ses pensées lui font tomber les yeux dans le vide.

C'est le crépuscule. Le moment où les gens du jour vont se coucher pour laisser place aux êtres de la nuit. Il y a quelque chose de merveilleux dans la luminosité à cette heure-là. Encore un peu de clarté mais pas assez pour se passer des lumières qui commencent à s'éveiller. Pas encore assez sombre pour tout illuminer comme en plein jour. Un mélange des genres, des contraires. Le violet se mélange au rose à l'horizon. Le soleil s'est couché. Il n'en reste plus que quelques traces colorées dans un ciel qui se fonce de plus en plus. Bientôt les nuages ne pourront plus être blancs. Quelques étoiles s'annoncent. Une brille plus que les autres. Mr Zurkel a depuis redressé la tête et contemple ce ciel, la moue dubitative. Il s'ennuie. Il ne se passe rien, strictement rien. Il s'ennuie vraiment, malgré toutes les affaire qu'il gère. Il souffle longuement. Il attend. Et il en a marre d'attendre.

Il tourne légèrement la tête et regarde un post-it sur son bureau. « Proposer heure disponibilité 22 décembre ». Son assistante de direction, Eve, tente désespérément de camoufler l'organisation de son prochain anniversaire mais il sait bien qu'ils vont encore lui faire une surprise. Il fait toujours semblant de ne rien voir car ce petit jeu l'amuse. Les mayas avaient prévu la fin du monde un 21 décembre. Non, il était juste né le lendemain.

Petites fourmis travailleuses, si dociles et si rebelles à la fois, pleines d'envies et remplies de vide, se dit-il en regardant les gens en bas, s'affairer à trouve un taxi, un métro, un restaurant ou la dernière boutique à la mode.

Gentils. Gentils petits éléments. Il sourit. L'espace d'un instant, il se demanda ce qu'il éprouvait réellement pour eux finalement, en son fort et propre intérieur.

Pas de haine, non. Ils ne méritaient pas tant de considération et d'investissement. La haine ronge et épuise sur le long terme.

Pas d'amour non plus, Mr Zurkel n'aimait pas aimer. Cela demande encore plus d'investissement et fatigue d'autant plus !

Rien, en fait. Il n'éprouvait strictement rien à leur encontre. Une absence totale de sentiments et d'émotions. L'empathie annihilée comme dans les esprits des plus grands psychopathes de l'histoire.

Et c'était bien ça le plus dramatique.

La haine peut se soigner, avec un peu de bonne volonté et d'empathie, voire de sympathie. A la limite avec un peu d'altruisme ou au pire de la compassion. Quand on hait, ça veut dire qu'on a encore des émotions, qu'on est encore en vie.

L'absence d'émotions et de sentiments, c'est la mort du cœur et de l'esprit. Et la porte ouverte à tous les drames humains. Celle qui engendre nos bourreaux.

Ce sont juste de gentils petits éléments, convaincus qu'ils évoluent, alors qu'ils s'enchaînent de plus en plus. C'est drôle ! Eux qui prônent la liberté partout ! Mais que serai-je sans eux, leurs lubies et leurs passions ? Bon. Je me soucierais de leur sort plus tard. Si vraiment j'ai besoin de m'en soucier un jour.

Mr Zurkel avait une préoccupation bien plus grande. Il ne voulait pas juste rayer un nom. C'est facile de rayer un nom. Sur une liste, un annuaire, ou sur un post-it comme celui posé sur son bureau. Il voulait faire bien plus encore. Il voulait jusqu'à enlever cette idée de leurs têtes.

Enlever une idée de la tête d'une personne, c'est jouable. Avec un peu de manipulation et quelques grammes de lavage de cerveau, d'autres ont déjà réussi. Enlever une idée de la tête de tout un peuple, ça, c'était un défi intéressant pour Zurkel. Mais comment procéder ?

Une dictature mondiale où son nom ne serait plus mentionné ? Tsss…Sottise ! Les dictatures ne marchent pas sur le long-terme. Il y a toujours des gentils petits éléments pour les faire tomber. Ils se cacheraient, ramperaient dans les ruelles sordides et organiseraient des réunions clandestines dans des sous-sols miteux, mais ils continueraient quand même. Au regard des sommes et de l'énergie déployées, ce n'est pas un investissement très rentable sur le long-terme.

Non il faut leur laisser le choix. S'ils décident d'eux-mêmes, alors ils en seront convaincus. Et ça me facilitera la tâche. De toutes façons, ils ont déjà fait la moitié du travail eux-mêmes !

Les actes ne valent que selon les intentions qui les animent.

Mr Zurkel appuya sur le bouton de son interphone, posé sur son bureau.

— Eve, vous voulez bien faire venir Thomas s'il vous plait.

— Oui Monsieur, répondit docilement Eve, cuisses serrées.

Le temps des rêveries crépusculaires de Zurkel, Thomas avait sagement patienté plus d'une demi-heure dans le bureau d'Eve. Mais ce n'était pas désagréable d'attendre confortablement installé dans cet élégant fauteuil avec cette superbe créature en face. On pouvait voir ses jambes sous son bureau. Jolie petite jupe et talons aiguilles. Thomas ne manquait jamais de lui offrir un petit présent à chaque fois qu'il venait. Il aimait la gâter. Cette fois il lui avait ramené une délicieuse corbeille de fruits. Pleine de pommes. Cela l'amusait ! Il entra dans le bureau de Zurkel et se dirigea immédiatement vers lui, la main tendue.

— Bonjour, comment allez-vous ?

Néanmoins, Thomas se retint de marquer une expression de dégout à la vue de la décoration dans la pièce et surtout des coussins et de leur vomi de textile. Il pensa que son patron avait vraiment un gout de chiotte et ne comprenait toujours pas cet irrépréhensible passion pour la décoration d'intérieur.

— Très bien Thomas merci. La nouvelle décoration vous plait ?

— Oui ! c'est magnifique ! répondit Thomas en ravalant sa salive. Vous avez fait cela vous-même ?

— Oui, clama Zurkel avec une grande fierté

Il faudra quand même lui dire un jour… songea Thomas. *Et ce bureau, où est-ce qu'il a bien pu le dénicher ? Même en enfer, ça doit être plus classe !*

Thomas a trente-six ans. Blond, une petite coupe courte ultra-sexy, les yeux bleus-verts, grand, élégant, il avait un charisme naturel complètement déstabilisant. L'œil tout aussi brillant que celui de son patron. Les deux hommes se connaissaient depuis maintenant plus de quinze ans et leur relation n'avait cessé de se renforcer au gré du temps. Zurkel se reposait énormément sur Thomas et il était bien le seul être sur terre en qui il avait une confiance aveugle. Car la plus grande des qualités de Thomas était sa loyauté. Qualité qui commençait à se faire rare…

Les deux hommes se serrèrent la main et s'installèrent confortablement dans les canapés blancs.

— Etes-vous heureux d'être rentré d'Italie ? Vos quartiers sont ici désormais, lui demanda Thomas.

— Oui l'Europe est certes sympathique mais elle est déjà morte, vous le savez. C'est dommage pour tous les meubles qu'on va y laisser. Enfin, tant pis. Nous ferons rapatrier les plus intéressants.

Seigneur, ça va être horrible ! songea Thomas.

— Maintenant il va falloir accélérer un peu le mouvement cher ami, reprit Zurkel. Je vais rentrer en Israël sous peu mais nous devons d'ores et déjà planifier la partie financière ainsi que le développement de notre société de travaux publics. Concernant les finances donc Thomas, vous vous êtes occupés de l'or ? Vous avez tout bien rapatrié comme convenu ?

— Oui, sans aucun problème, les banques n'y ont vu que du feu. Et puis elles ont d'autres soucis à l'heure actuelle. L'or est secondaire.

— Bien. En revanche je suppose que vous n'avez toujours aucunes nouvelles concernant mon cube ?

Thomas devint livide. Comment Zurkel pouvait ainsi sauter d'un sujet à l'autre avec une telle aisance et en toute décontraction ?

— Non, malheureusement. Nous n'avons toujours pas réussi à le localiser.

— C'est regrettable ! Avoir abreuvé la terre du sang de tout un peuple pour pouvoir l'engendrer et ensuite le perdre d'une manière si ridicule ! Volé par une détenue de Niederhagen. A quoi donc ont servi les camps de concentration Thomas, pouvez-vous me le dire, si je n'ai pas mon cube ? Vous savez ce qu'il va se passer. Si je ne le récupère pas, beaucoup de gens vont être sauvés, et cela va beaucoup m'embêter Thomas !

Thomas détestait ce ton. Un mélange de naïveté, de douceur et de légère réprimande. Il avait l'impression de retourner à l'école et d'être au coin. Mais il ne pouvait rien à cette regrettable situation.

— Nous allons poursuivre nos recherches, je peux vous l'assurer.

— C'est ce que vous me dites toujours Thomas. Passons. Avez-vous appelé le Président comme convenu ? Vous savez que nous avons besoin de lui.

— De ce côté-là absolument aucun problème. La cause est acquise.

— Pas un mot bien évidement sur le côté religieux de la chose. Nous restons pour l'instant sur un terrain purement politique et économique. La religion viendra après, quand il faudra motiver les gens. Les enseignements dans l'armée se poursuivent ? Personne ne s'oppose à cette éventualité ?

— Oui, cela progresse, les généraux envisagent une telle possibilité. Pour l'instant les militaires sont quelques peu réfractaires mais quand il sera temps, ils seront près. Mais il y a eu quelques fuites. Quelques internautes ont publié ça sur le web et le ministère de la défense a vivement condamné ce genre de stratégie. On ne s'attaque pas aux lieux saints.

— Ce n'est pas grave. En temps et en heure, ils réclameront cela d'eux-mêmes. De toutes les façons les gens ne croient plus en grand-chose aujourd'hui. Parfois je me demande même ce que je fais là. Peut-être qu'avec un peu de patience, Son Nom se serait effacé tout seul.

— Mr Zurkel, je voulais aborder d'autres points également avec vous…

— Thomas, arrêtez un peu s'il vous plait. Si je vous appelle Thomas, vous pouvez bien m'appeler par mon prénom également.

Thomas avait bombé le torse de fierté. Le sourire s'imprimait sur son visage et il rougissait presque d'orgueil. Quel privilège ! Il devait bien être le seul actuellement sur terre à avoir cet honneur.

— Avec grand plaisir Yaakov.

— Continuons donc…

Chapitre 19 - Fission

Dans l'appartement de Jérusalem, Macha regardait mélancoliquement la ville par la fenêtre de la cuisine, les coudes sur le plan de travail, en train de mordiller l'ongle de son index droit. L'appel à la prière résonnait. Cela lui rappela Istanbul. Elle se retourna et vis Zubair dans le salon en train de finir un sac. Elle regarda de nouveau par la fenêtre. Que de chemin parcouru depuis ! Elle qui n'avait jamais cru en rien se demandait maintenant si cette hypothèse de Dieu n'était finalement pas la plus rationnelle. Ou tout du moins la plus pragmatique. Après tout, quel risque pourrait-elle à croire désormais ? Bien au contraire, elle assurait plutôt ses arrières.

Tout comme le philosophe français Pascal l'avais déjà fait remarquer au XVIIème siècle dans sa pensée du pari. Une personne rationnelle a tout intérêt à croire en Dieu, que Dieu existe ou non. En effet, si Dieu n'existe pas, le croyant et le non croyant ne perdent rien. Au moment de la mort, les fonctions vitales s'arrêtent, le cerveau aussi et personne n'a le temps de se rendre compte que Dieu n'existe pas. Le croyant n'aura même pas le temps de verser une larme que boum ! il sera déjà enterré et son âme disparue, puisque si Dieu n'existe pas, il n'y a rien après la mort. En revanche, si Dieu existe, le croyant gagne le paradis tandis que le non croyant est enfermé en enfer pour l'éternité. Personne ne pouvant prouver l'existence de Dieu, croire en lui était donc une solution avec un gain à long terme plus élevé. Logiquement, on a donc tout intérêt à croire. A l'époque de la rationalité scientifique et de la finance ce raisonnement est encore plus d'actualité. Une piqure de rappel ne fait jamais de mal, c'est comme pour les vaccins. Bien évidemment, les critiques avaient fusé sur ce pari de Pascal. Car vivre en croyant implique de renoncer ou de raisonner certains plaisirs terrestres. Macha posa la question à Zubair qui lui répondit.

— Prier cinq fois par jours, oui ce n'est pas évident, lui dit-il. Surtout en été quand la première est à 3H30 et la dernière à 22H30. Mais ne vante-t-on pas aujourd'hui les mérites des techniques de relaxation ? Autohypnose, massage, méditation, yoga, sophrologie, musique de relaxation, réflexologie, shiatsu et encore. Moi, ma technique de relaxation c'est la prière. Je prends quelques instants pour faire mes ablutions, me purifier et me rafraichir. Sur mon tapis, je respire un grand coup, puis plus lentement, mon rythme cardiaque baisse, mes muscles se détentes et le monde extérieur n'a plus d'emprise sur moi. Il n'y a que moi et mon Dieu. Après une prière, je me sens toujours apaisé et surtout confiant en l'avenir car je sais que mon Dieu m'accompagnera à chaque instant, à chacun de mes souffles et veillera sur moi. Même les malheurs qu'Il permettra qu'il m'arrive ne seront que pour mon bien car il ne souhaite que mon bien. Dieu n'est jamais cruel envers ceux qui l'aime.

— Mais Ramadan c'est super difficile quand même ?

— Jeûner trente jours oui et alors ? Ça va, ce n'est pas la fin du monde non plus ! Oui c'est dur, c'est fatiguant. Mais ça apporte également de grands bénéfices sur les plans physique, psychique et spirituel.

Sur le plan physique d'abord, on sait qu'après le deuxième ou troisième jour de jeûne, le corps puise dans ses propres réserves et se débarrasse de nombreuses toxines. Tu peux également constater une normalisation du taux de sucre, d'insuline et des lipides, une diminution de la masse graisseuse, un drainage et une élimination de l'excès de sel ainsi qu'un allégement de l'effort du cœur et une amélioration de la circulation du sang, de sa fluidité. Le jeûne stimule les forces curatives de l'organisme et permet des améliorations remarquables dans certaines affections comme le diabète sucré, les rhumatismes, l'hypertension artérielle, l'asthme, l'insuffisance cardiaque ou l'allergie. Plus récemment, le professeur Valter D. Longo, bio-gérontologue a même publié des recherches qui ont mis en évidence des effets spectaculaires dans le domaine de la cancérologie. Et puis n'est-ce pas la mode du jeûne un peu partout en ce moment : le jeûne thérapeutique, le jeûne hydrique, le jeûne intermittent etc…pour être plus beau plus mince avec des nouvelles petites cellules toutes performantes…

Sur le plan psychique, plusieurs bien faits ont également été démontrés par une étude de la clinique de jeûne Büchinger portant sur 372 personnes ayant jeûné plus de dix fois au cours des quarante dernières années. Vitalité accrue, harmonisation de l'humeur, recul par rapport aux problèmes du quotidien, pause régénératrice, diminution du stress, introspection, résolution de problèmes. On observe une sorte de libération, un lâcher-prise, ainsi qu'une sensibilité accrue.

Enfin sur le plan spirituel, ce n'est pas pour rien que toutes les religions du monde enjoignent leurs fidèles à jeûner. Car il faut bien préciser que jeûner ne signifie pas uniquement se priver de nourritures, boissons et rapports sexuels, ça ce n'est que le premier niveau. Le deuxième niveau, plus profond et exigent que le premier, c'est le renoncement aux péchés. Ainsi, le jeûneur doit faire attention et s'abstenir des paroles futiles et médisantes, ne pas écouter ni regarder des choses répréhensibles. Il ne sert à rien d'arrêter de manger et de boire si on ne renonce pas au mensonge et aux mauvais comportements ! Le troisième niveau, le plus élevé et le plus intérieur, et aussi le plus difficile : c'est le jeûne spirituel, quand le cœur et l'esprit se concentrent uniquement sur le souvenir et la présence de Dieu. Ce jeûne est le plus parfait. Car c'est un moment pour mieux s'ouvrir au-dedans, à son âme, vu qu'on n'a rien à bouffer, pour mieux revenir à l'essentiel. Jeûner, c'est purifier son cœur des vices pour le parer des plus belles qualités. Par l'abstention, le jeûneur combat sa propre animalité et stimule sa nature spirituelle. Le jeûne nous exerce à la vertu de la patience et de l'endurance, nous apprend l'effort sur nous-mêmes, nous enseigne le détachement par rapport à ce bas-monde. Les athées partisans de la théorie de l'évolution ne peuvent contredire ce point ma chère Macha. Car l'adaptation et la résistance au jeûne prolongé observée chez l'homme, mais également chez certains oiseaux a été modelée par l'histoire de l'évolution. La faculté de stocker des réserves avec un maximum d'efficacité a permis à l'homme de survivre et même de se développer dans des conditions très peu favorables du point de vue alimentaire, ceci jusqu'à une période très récente de l'histoire en Europe, mais encore actuellement dans de nombreux pays en voie de développement. La consommation de nourriture sous forme de repas réguliers, courante dans les pays développés, est récente. Cette situation d'abondance permanente n'est possible que depuis quelques dizaines d'années et uniquement pour une fraction limitée de la population mondiale. Or notre patrimoine_génétique semble moins adapté à cette situation d'alimentation permanente qu'à celle du jeûne. C'est pourquoi le corps rencontre des difficultés lorsqu'il ne jeûne pas car notre évolution nous a destiné à résister au manque. Je suis sûr que y'a plein d'athées qui font des jeûnes détox bio-végan gluten-free hipster ! Au moment où je te parle 842 millions d'individus dans le monde ont faim. Je fais partie de cette planète et je suis comme ces gens, balancé là sans aucune raison ni explications. Quand tu as faim, tu te rends compte que tout tes problèmes de voiture qui ne démarre pas, de déclaration d'impôt pas remplie à temps, de clash avec un collègue au bureau ne sont en fait que de petites misères. Tu te dis que tout va mal dans ta vie ? Que ta vie est pénible et difficile, alors regarde cette photo d'un enfant soldat ou de quatre petits corps desséchés de gamins africains buvant dans une flaque d'eau. C'est vrai, c'est super-méga-hyper galère que ton IPhone t'ai planté, mais toi au moins t'en as un, tu es en vie et tu as ce qu'il te faut pour survivre.

— Mais il y a tous ces interdits aussi, pas d'alcool, pas de tabac, ni de relations sexuelles hors-mariages.

— Ah parce que pour toi la vie se limite à cela ? Manger, boire, fumer et baiser ? On n'a peut-être pas les mêmes aspirations alors c'est tout. Mais je ne vois pas en quoi les miennes seraient inférieures aux tiennes. Sur cette terre, il en est qui sont comme des enfants, qui veulent tout, tout de suite, comme des caprices de grands. La liberté de pouvoir faire tout ce qui me passe par la tête, mes envies, mes envies, mes envies. Et puis il y en a d'autres qui sont un peu plus raisonnable, un peu plus sage et qui n'ont pas autant d'envies, d'envies, d'envies. Il y a des gens qui savent se contenter de peu et d'autres qui ne se contente de rien. Non, franchement, je me sens pas du tout prisonnier en pratiquant ma foi. Au contraire avec ce que tu viens de me dire, j'ai l'impression de me sentir bien plus libre que toi. Car je n'ai pas besoin de tout ce dont tu as besoin, de tout ce que tu exiges et réclame avec force et conviction, avec supériorité au nom de la liberté alors qu'en fait c'est vous les prisonniers de vous-mêmes.

Macha acquiesça. Elle était heureuse d'avoir rencontré Zubair. Elle se sentait libre désormais. Elle avait enfin compris que la foi ne repose pas sur l'amour et la crainte de Dieu, mais sur notre confiance en Lui. Car Il a confiance en nous. Mais elle était également triste de devoir laisser Zubair. Elle allait devoir rentrer en Russie. Sa tâche à elle, c'était là-bas qu'elle devait l'accomplir. Délicieuse et séduisante ballerine. Mais elle savait aussi qu'elle retrouverait Zubair plus tard. Un lien indestructible s'était créé en eux. De l'amour, oui, certes, mais il restera à jamais celui qui lui a fait découvrir un autre monde, un nouveau monde.

Les explications de Mr Allaoui avaient duré quasiment toute la journée du mercredi. Il s'était d'abord présenté et leur avais raconté l'histoire de sa vie. Puis, il leur a tout simplement expliqué qu'il avait fait quatorze rêves. Chacun de ces rêves racontait l'histoire de la vie d'une personne qu'il ne connaissait pas, depuis sa naissance jusqu'à aujourd'hui. Il avait vu dans ces songes jusqu'aux détails les plus précis de leurs existences, jusqu'à leurs secrets les plus enfouis, leurs plus grands regrets et leurs plus grandes aspirations, comme s'il n'avait pas seulement rêvé leurs vies mais carrément vécu. Un certain Abdel, une Alexandra, une Kristen, un Jésus, une Macha, un Omar, une Shakti, même si ce n'était pas son vrai prénom mais juste un surnom, un Tao, un Jeremy, une Angela, un Zubair, un Abdallah, un Yaakov et finalement, son dernier songe, un Moshé, la veille.

A l'énoncé de ces rêves, certains blêmirent, d'autres rougirent mais il y eu aussi des rires et des bonheurs en se remémorant cette fois collectivement leurs plus doux souvenirs. Ce n'était pas un procès, c'était une fusion. Leurs âmes étaient à nue et laissaient filtrer la lumière.

Puis, Mr Allaoui leur expliqua qu'il avait également eu quatorze rêves où cette fois il y avait vu leurs avenirs. Mais cette fois, les explications n'allaient pas se faire collectivement. Il les avait chacun pris un par un et proposé le choix de le suivre ou non. Pour que l'opération réussisse, une des conditions sine qua non était une certaine forme de secret quant aux objectifs respectifs des uns et des autres. On ne sait jamais, si l'un se fait prendre…

Ce qui se profilait était sombre, très sombre mais il fallait bien en passer par là. Les comptes étaient arrêtés, il fallait payer l'addition. Chacun avait une mission bien précise désormais. Chacun avait son cube à apporter à l'édifice qui était en train de se former. Mais pas leurs petits cubes avec leurs petites taches de couleur. Cela, c'était juste un moyen pour leur permettre de se trouver. Ce qu'ils devaient apporter à l'édifice, c'était eux, leur propre personne. C'étaient eux qui comptaient. Pas leurs cubes.

Zubair allait quitter Jérusalem pour rentrer directement chez lui à Istanbul. C'était là-bas qu'il avait quelque chose à gérer, à préparer, à mettre en scène. Il regrettait déjà Macha. Elle était tout le contraire de lui et pourtant ils s'étaient trouvés. Et il l'aimait. Son ami Angela allait lui manquer aussi, mais ils étaient habitués à vivre leur amitié à distance. Loin des yeux, mais pas du cœur. Il était très fier de faire partie de cette aventure, il était fier de son pays, fier de sa ville. Et aussi de ses nouveaux amis. Finalement, tout le monde était heureux de ces rencontres. Peu de temps ensemble mais à jamais liés. De toutes les façons, ils l'étaient déjà tous, à des degrés divers. Une rencontre très courte, mais les deux jours les plus intenses de leurs existences, et ils savaient qu'il se reverraient. Dans des circonstances plus tragiques ou meilleures. Cela allait dépendre des réactions de chacun. Zubair se disait qu'après, s'ils survivaient, avec Macha, ils auraient le temps, tout le temps du monde rien que pour eux.

D'autres n'avaient pas cette chance de pouvoir rentrer chez eux. Personne n'avait pris conscience de l'ampleur de ce qui les attendait en quittant leurs foyers, et surtout que pour certains, ce serait un voyage sans retour.

Jeremy aussi rentrait chez lui, aux Etats-Unis. Il allait pouvoir poursuivre sa brillante carrière de comédien et profiter de sa notoriété pour développer de nouvelles compétences. Jeremy avait toujours aimé la politique, c'était d'ailleurs la carrière que lui réservait ses riches parents mais il avait préféré une voie plus artistique. Décidément, tout avait été prévu pour lui depuis le début. Retour à la case départ. Tu voulais être comédien ? Oui, pourquoi pas, un temps. Mais tu feras de la politique ! Après tout, Arnold Schwarzenegger n'était-il pas devenu gouverneur de Californie ? Et un autre acteur, Ronald Reagan avait carrément remporté la présidence des Etats-Unis d'Amérique. Mais Jeremy était profondément malheureux de devoir laisser Kristen, Omar et Jésus sur place, à Jérusalem, et s'inquiétait grandement.

Eux ne rentrait pas. Ils resteraient là. Pendant que Jeremy préparait soigneusement ses affaires, Kristen faisait de même dans l'autre chambre en face. Quand il posa les yeux sur elle, Kristen était déjà en train de le regarder, un pull serré entre les bras. L'air triste car elle était plus que sceptique. Mr Allaoui était fort certes, sa théorie tenait la route mais elle remettait quand même grandement en cause ce en quoi elle croyait depuis toute petite. Tous ses amis avaient répondu par l'affirmative. Ce que lui proposait leur nouveau coach avait l'air plutôt intéressant et lui permettrais de concilier sa carrière d'actrice et sa ferveur religieuse. Mais un doute subsistait. Au moins il y aurait Omar et Jésus et puis tant pis, si ça se passait mal, elle rentrerait chez elle, un point c'est tout ! Six mois, c'est ce qu'elle s'était donné, au-delà, basta, elle rentrerait à Los Angeles.

— Tu es sûre que tu veux rester ? lui demanda Jeremy.

— Oui…oui je suis sûre. Je suis contente tu sais…enfin…. C'est un peu comme si j'avais attendu ou réclamé ça toute ma vie dans mes prières et que maintenant on me l'apportait. Ça me fait bizarre. Je suis enthousiaste mais il y a quand même quelque chose qui me gêne. Pourquoi on n'a pas le droit de savoir ce que vont faire les autres ? Jésus et Omar restent ici à Jérusalem avec moi et je n'ai même pas le droit de savoir ce qu'ils vont faire ! Pourquoi il y a des choses que je ne dois pas savoir moi ?

— On est tous dans le même cas Kristen. Il nous a dit ce qui nous attendais, ce qui allait se passer et il nous a laissé le choix de poursuivre ou non. Mais si on poursuivait, c'était à une seule condition. Celle de ne rien dire de sa mission aux autres. On sait où vont les autres mais on ne sait pas ce qu'ils doivent faire. Moi je sais juste que tu restes à Jérusalem. Mais je ne sais pas ce que tu dois faire. Et je ne te le demanderais pas. Tu as vu comme il nous connait bien sans même nous avoir jamais rencontré ? Je ne sais pas qui c'est ce gars-là mais j'ai envie de lui faire confiance. Il connait toute ma vie. Même ce que j'aurais voulu que personne ne sache jamais.

Kristen chuchota à Jeremy.

— Qu'est-ce que tu dois faire toi ? On pourrait en parler entre nous non ? Il est parti, il est plus là.

Jeremy venait pourtant de lui expliquer qu'il ne comptait rien lui dire mais devant les yeux suppliants de sa plus vielle amie, il céda.

— Je vais devoir assurer la liaison avec les Etats-Unis. Plus tard, quand ça va vraiment chauffer. Et toi ?

— Pareil, assurer la liaison avec ici.

— Tu ne seras pas toute seule en plus. Il y aura Omar et Jésus avec toi. Ne t'inquiète pas, ça va bien se passer ma chérie.

— Eh, vous êtes prêts ? demanda Omar qui venait de surgir dans la pièce. Il faut qu'on y aille Kristen.

Omar était ravi de rester sur place. Il s'était fait un nouveau meilleur ami en la personne de Jésus. Et il restait avec Kristen. En plus sa carrière d'acteur était foutrement au point mort et ce qui l'attendait était encore plus excitant qu'une cérémonie de remise des Oscars ou qu'une mini-pizza. Il allait enfin pouvoir redonner toute sa grandeur et sa force à l'Afrique. Honorer son prénom et rappeler que son continent était le berceau de l'humanité. Là où l'homme était né. Noir.

Kristen serra Jeremy fort dans ses bras. Les trois premiers, Kirsten, Jésus et Omar, allaient partir. La séparation ne fut ni larmoyante, ni mélodramatique. Juste un banal salut, au revoir, une embrassade, une accolade, comme s'ils partaient pour la journée. Car l'excitation était présente également. Ces cubes les avaient tellement perturbés ces derniers mois, avec leurs taches, leur spécificité et maintenant ils étaient grandement apaisés de savoir enfin pourquoi. Non, ce n'était pas le hasard bien sûr. Ils étaient tous des pions bien spécifiques sur l'échiquier. Ils avaient chacun une connaissance bien spécifique d'un sujet, doublée d'une histoire familiale ou d'un métier leur donnant des appuis et relations non négligeables et fort utiles pour ce qui se dessinait. L'échiquier avait été mis en place depuis bien longtemps, avec son alternance de carrés noir et blanc, maintenant il fallait placer les pions.

Comme Omar, Jésus aussi était heureux de rester. En même temps avec son prénom, il s'y attendait un peu ! C'était soit rester ici, soit repartir à Rio et monter sur le pain de sucre. La première solution était préférable d'autant que son métier allait grandement les aider. Et il aimait beaucoup Omar et Kristen. Il ne serait pas seul contrairement à d'autres. Jésus repensa à sa rencontre avec Abdel, à l'aéroport de Casablanca. Serait-il au Portugal aujourd'hui si les indications de l'aéroport avaient été un peu plus explicites ? Peut-être. Ou peut-être pas. Il serait monté au Portugal. Aurait-il été aussi bloqué dans cet accident de la route qui a permis à Alexandra de retrouver Omar ? Peut-être l'aurait-il aussi reconnu sur le bord de la route et serait finalement aussi arrivé ici. On avait vraiment besoin d'eux apparemment, tant on leur avait laisser de multiples opportunités de rentrer en contact les uns avec les autres. Omar salua l'assemblée, ses amis américains mais surtout ses vieux amis d'université, Alexandra et Abdel.

— Bande de veinard, vous restez ensemble hein ? les taquina-t
’il.

— Eh oui, nous on reste ensemble, en revanche nous, on part
dans un sacré pays mon gars ! lui répondit Alexandra.

— Hum, tu vas aimer ma poulette, dommage pour tes
cheveux ! souligna Omar. Tu prends soin d’elle hein, tu prends soin
de ma copine d’accord ?! dit-il à Abdel.

— T’inquiète, bien sûr que je vais en prendre soin de la
demoiselle. Et puis ça va lui faire du bien un petit stage là-bas. Ça va
la calmer un peu, elle devient un peu trop insolente ces temps-ci !

— Han ! Alexandra avait ouvert la bouche en grand avec un
bruit de réprimande mais elle était très amusée par cette réplique.

Elle le voulait bien sûr. Alexandra aussi était une
fondamentaliste, à sa manière. Une intégriste du cœur, une
radicaliste de l’esprit, une extrémiste du pardon et une fanatique de
la bienveillance. Aujourd’hui, elle aurait pu combattre l’univers tout
entier et trois galaxies en plus. Et elle restait avec son amoureux. Ils
allaient partir pour l’Iran, chez la mère d’Abdel. Ce qui

n'enthousiasmait pas spécialement ce dernier. Abdel n'avait pas particulièrement envie d'aller vivre là-bas mais avec son amoureuse et sa mère cela lui convenait. En bon marocain qui se respecte, il décida d'aller faire une petite sieste et demanda à Alexandra de le réveiller dans 20 minutes, la durée optimale d'un petit somme réparateur et productif. Il serait ainsi mieux reposé et concentré pour la suite de leur périple.

Omar et Kristen prirent un moment pour se séparer de Shakti et Jeremy, après leur périple de Los Angeles à Jérusalem, en passant par le Portugal, Casablanca et Istanbul. La petite équipe des quatre, les américains, qui faisaient du yoga tous les matins face à la ville des anges.

— Promis Shakti, je n'oublierai pas la salutation au soleil ! On connait tous l'enchainement maintenant, plaisanta Omar. Au revoir ma sœur Shakti, au revoir mon frère Jeremy. Je vous aime.

— Rooh ! Ça va. On va se revoir. On ne part pas à la mort non plus, relativisa Kristen.

Shakti n'eut pas la force de dire quoique ce soit, son hypersensibilité lui nouant la gorge et emplissant ses yeux d'un drôle de liquide transparent. Elle se contenta de serrer très fort Omar et Kristen dans ses bras. Jeremy fit de même, confiant.

Jésus attendait. La porte claqua. Ils étaient trois de moins désormais.

Tao allait rentrer chez lui. Il était ravi ! Longtemps il avait songé à retourner dans le pays de ses ancêtres. Sa société au Maroc allait bien survivre ou dépérir il s'en fichait. En revanche la séparation avec Moshé allait être douloureuse, extrêmement douloureuse. Il avait passé toute sa vie avec celui-là. Son pote, son frère, son gars. Il voulait quand même savoir pourquoi Moshé allait prendre une telle direction.

— Mais qu'est-ce que tu vas foutre en Suisse non de Dieu ? lui demanda Tao alors qu'il venait de l'intercepter dans le couloir. Tu vas mettre le chocolat dans l'alu ?

— Bah je vais en suisse, c'est tout ! Tu sais bien qu'il ne faut pas qu'on en parle.

— Bon d'accord, et tu pars avec Angela alors ?

— Oui, ça va, elle est folle de joie, on va aller sur les terres de son idole, ce cher Carl.

— Faites bien attention à vous, j'aurais bien voulu poursuivre avec vous, j'adore cette fille et toi surtout espèce de vieux…

Les larmes n'allaient pas tarder à arriver alors ils stoppèrent net tous les deux.

— T'inquiète, on va se revoir, tu le sais, on va tous se revoir…logiquement, souligna Moshé.

Il avait le cœur serré également de laisser son plus vieux soutien tout seul, partir dans un pays qu'il n'avait jamais vu, mais dont il avait juste entendu parler depuis qu'il était tout petit. Mais Tao avait ce pragmatisme, cet esprit de synthèse et cette détermination propre aux conquérants. Il s'en sortirait très bien tout seul. Moshé lui faisait entièrement confiance.

La Suisse, alors là, Moshé ne s'y attendait pas du tout ! Angela non plus, mais elle était plus qu'enchanter d'aller dans le pays de son mentor, de son maitre à penser tel qu'elle aimait l'appeler. Et puis c'est un petit pays tranquille, verdoyant, avec de belles montagnes et de beaux lacs. Ils allaient tous les deux y passer du bon temps avec toute une logistique à mettre en place certes, mais les conditions de vie allaient être agréables. Angela était surtout contente de ne pas se retrouver seule. En même temps qu'elle vérifiait une dernière fois si elle n'avait rien oublié elle repensa à se première rencontre avec Moshé. Elle le revoit encore avec ses gants roses débarquer dans les toilettes du camp de Niederhagen, avec son acolyte Tao. Elle éclata soudainement de rire toute seule. Parfois, il est de ces rencontres dont on ne soupçonne pas l'importance. On ne s'en rend compte que bien plus tard. Elle s'inquiéta surtout pour sa sœur de cœur, pour Alexandra. L'Iran allait être beaucoup moins drôle que la Suisse. Cette coquine révolutionnaire allait devoir apprendre à maitriser ses ardeurs et sa grande gueule surtout. Mais Abdel serait avec elle, un appui local non négligeable. Elle ne partait pas toute seule, Dieu merci et Angela faisait aussi confiance à Shakti qui l'accompagnait !

— Tu prends soin de ma copine, hein ! Je te la confie, dit-elle à Shakti.

— Oui ne t'inquiète pas, je l'adore, on va veiller l'une sur l'autre.

— Non, parce que toi, tu es encore plus plongé que moi dans l'inconscient. Moi, dans mon métier, j'étudie l'inconscient des gens, des individus, toi tu ressens l'inconscient de tout le monde. Alors ne descends pas trop loin, pas trop profond, on ne sait jamais ce que l'on trouve. Allez, plein de courage à vous tous !

— En plus tu sais bien qu'on part avec Allaoui. Qu'est-ce que tu veux de mieux sincèrement ?

— Oui, mais lui je ne le connais pas très bien encore et Alex, c'est comme mon amoureuse, ok ?!

— Pas de soucis, conclu Shakti.

Alexandra arriva à ce moment-là, laissant Abdel se reposer dans la chambre. Elle pensait aussi grandement à Angela. Elle se souvins de toutes ces séances et de la découverte de leurs cubes ô combien différents. Elles s'attrapèrent presque violement et se serrèrent à s'en étouffer. Le souffle coupé elles se regardèrent une dernière fois en se disant,

— On va se revoir, ok, on va se revoir, on fait chacune ce qu'on a à faire et on se retrouve !

Shakti, enfin, aurait pu aller n'importe où sur terre. Tout lui convenait, du moment qu'elle était avec Mr Allaoui. L'Iran ? pourquoi pas ! Et puis ils serraient quatre, le groupe le plus important. En revanche sa mission l'interpellait.

— Rien, sois juste toi et reste à mes côtés, lui avais-t-il confié.

Elle savait que vraisemblablement ce qui attendait les autres était un peu plus compliqué. Kristen n'avait pu s'empêcher de glaner des infos à droite et à gauche et de parler. Elle allait quand même être dans le feu de l'action elle. Mais Shakti préférait quand même être dans son groupe que dans celui qui restait à Jérusalem. Elle s'inquiétait beaucoup, beaucoup pour Omar.

Puis tranquillement, chacun quitta tour à tour l'appartement, seul ou à deux, vers leurs destinations. Quand il n'y eu plus aucun voyageur dans cet endroit, Mr Allaoui regarda une dernière fois par la fenêtre. Le ciel était gris, il allait certainement pleuvoir. Les femmes sur les toits des maisons commençaient à rentrer les linges. La poussière allait bientôt être dissipée par les eaux.

Lui aussi quittait sa terre pour la première fois de son existence. Plus de check-points, de militaires à chaque carrefour, de trajets interminables et d'attente, non plus jamais d'attente. Ni pour les contrôles de police, ni dans bouchons puants de cette ville asséchée, ni pour ses papiers. Toute sa vie avait été une attente dans tous les sens du terme, physique et moral. Il était débarrassé de la première. Il allait maintenant se débarrasser définitivement de la seconde. Soulagé pour lui mais inquiet pour ses nouveaux compagnons. Il les aimait déjà tellement fort. Et il leur demandait tant. Il quitta à son tour l'endroit, il laissa derrière lui un appartement éteint, sans vie où pourtant l'avenir de l'homme s'était décidé.

Chapitre 20 - Petits et grand cube

Angela et Moshé étaient confortablement assis dans l'avion qui les menait d'Israël en Suisse. Moshé regardait à travers le hublot et tentait de se détendre en regardant le ciel, ses nuages blancs flottant en dessous d'eux, l'impression d'être loin au-dessus du tout. Une petite parenthèse aérienne et délicate. Angela, assise à sa gauche regardait dans le vide, l'air ailleurs, planant aussi à sa manière. Moshé la regarda délicatement et lui demanda doucement à quoi elle pensait.

— A Marie, lui répondit-elle laconique.

— Marie ? La Vierge Marie ? Dis donc elle t'inspire de profondes réflexions apparemment.

— Oui, continua lascivement Angela, regardant toujours le néant. Parce que j'ai une intuition qui me terrifie. Et j'ai besoin de toi pour réfléchir je crois Moshé. Tu veux bien ?

Cette fois, elle le regarda droit dans les yeux.

— D'accord si tu veux.

— Connait tu le dogme de l'Assomption de Marie ? C'est la croyance selon laquelle la mère du Christ, au terme de sa vie terrestre est montée directement au ciel, sans connaitre la mort physique et la décrépitude charnelle en découlant. C'est une croyance très ancienne, déjà fêtée dès le VIIIème siècle mais elle n'est définie comme dogme religieux par l'Eglise, c'est-à-dire une sorte de vérité officielle, qu'en 1950. C'est assez troublant car les apparitions maritales en différents endroits à différents individus, ont littéralement explosées dans le siècle précédent l'instauration de ce dogme. L'Eglise Catholique en reconnait officiellement 11 entre 1842 et 1947 alors qu'elle n'en a authentifié que 2 durant toute son histoire passée. 2 en 1800 ans puis 11 en à peine 100 ans. Et pouf, ils instaurent le Dogme de l'Assomption de Marie ! C'est assez troublant aussi car c'est à cette époque que les femmes commencent à vouloir faire reconnaitre leurs droits. En 1866, la première pétition pour le droit de vote des femmes est déposée au parlement britannique. En 1882, la Ligue française pour le droit des femmes voit le jour et en 1890 les femmes américaines lancent la National American Woman Suffrage Association. C'est comme s'il y avait une corrélation. Une corrélation entre ce qu'il se passe dans nos croyances et dans notre réalité physique tangible. Dans la croyance, avec l'instauration de ce Dogme, comprends bien que Marie est désormais directement intégrée à la Trinité divine, composée de trois éléments masculins, le Père, le Fils et le Saint Esprit, alors qu'elle est une femme. Et dans notre réalité physique tangible, au même moment, les femmes s'intègrent aussi à la masculinité dominante. Pour Jung, l'instauration de ce dogme de l'Assomption de Marie a amené une transformation majeure dans l'inconscient collectif car cette intégration du principe féminin à la trinité divine masculine a largement dépassé le cadre de l'Eglise Catholique et a trouvé son écho dans tous les domaines de la sphère publique, économique, politique et sociale. Qui as dit que l'inconscient collectif n'existait pas ? Il y a au plus profond de nous quelque chose qui nous relie tous.

— C'est beau ce que tu dis, commenta Moshé. Mais tu viens de me dire que tu avais une intuition qui te terrifiais. En quoi cela te terrifie ? Tu es une femme, tu devrais être heureuse au contraire.

— Attends. Je ne n'ai pas fini. Ce dont je viens de te parler, on va dire que c'est une première conjonction d'éléments contraires. Le masculin et le féminin. Mais avec ce dogme il y en a une autre également. Car avec l'assomption de Marie, son corps je te rappelle n'est pas vicié par la mort. Elle monte directement au ciel. Le corps peut devenir esprit ! On a donc bien une seconde conjonction d'éléments contraires. Le corps et l'esprit.

— Et cette seconde conjonction corps-esprit s'est également matérialisée dans notre réalité physique ? Car tu viens de m'expliquer que la première conjonction masculin-féminin de cette croyance avait eu des répercussions visibles avec l'émancipation des femmes. Mais là ?

— Réfléchis en globalité Moshé.

Angela pris un carnet dans son sac et dessina quelque chose qu'elle tendit ensuite à Moshé. C'était un simple carré et sur chaque angle, elle y avait rajouté les lettres M pour Masculin, F pour Féminin, C pour Corps et enfin E pour Esprit. Moshé réfléchis un instant et demanda :

— Tu penses donc que la matérialisation physique de ces deux conjonctions de 4 éléments contraires sont les cubes ? Mais pourquoi des cubes alors que l'on parle de carré ?

— Notre réalité physique n'est pas ce papier que je viens de te tendre Moshé. Elle n'est pas plane, elle est en trois dimensions. Et qu'est-ce qu'un carré en trois dimensions ?

— Un cube. Mais pourquoi les cubes ne sont-ils donc pas également apparus au moment des revendications féministes ?

— Mais Moshé ! C'est le cas ! Tu n'as quand même pas oublié que le tout premier petit cube est bel et bien apparu à cette époque-là à Niederhagen ?

— Merde, répliqua vivement Moshé, tout chamboulé. Et ça va donner quoi alors ?

— Et bien elle est là cette intuition qui me terrifie. Car avec ces quatre éléments, on touche à l'absolu. Parce que l'univers repose sur un quatre, figure-toi ! Quatre c'est la totalité, l'équilibre. Rien n'est complet en trois. Ça doit être pour ça que l'Eglise Catholique a intégré Marie à la trinité divine pour en faire une quaternité. Comment fais-tu pour décrire la totalité de l'horizon Moshé ?

— Quoi ? Je n'en sais rien moi !

— Si tu le sais. Tu nommes les quatre points cardinaux. Il y a toujours quatre éléments, l'eau, la terre, l'air et le feu. Quatre couleurs primaires, le vert, le bleu, le rouge et le noir qui en les mélangeant te permettent d'obtenir toutes les autres couleurs du monde. Quatre qualités premières, le chaud et le froid, le sec et l'humide. L'homme a quatre membres et c'est le nombre de pattes de tous les mammifères. Il y a quatre saisons. Quatre groupes sanguins. Quatre phases dans la respiration et quatre phases dans le cycle de la lune. La Terre a 4 milliards d'années et toute son histoire est divisée en quatre grandes périodes que l'on nomme des éons. Le premier éon fut l'Hadéen : c'est la naissance de la terre et sa petite enfance. Pas encore de vie. Tu noteras que Hadéen dérive d'Hadès, le seigneur des enfers chez les Grecs, car la terre à cette époque devait ressembler à l'enfer : le magma faisait bouillir les océans, les montagnes se soulevaient, tiens un peu comme dans l'apocalypse de St Jean en fait. Début et fin. Ensuite il y a l'Archéen, la Terre se stabilise, les conditions climatiques se calment et c'est l'apparition de la vie, mais au sens cellulaire, pas encore de bestioles. Puis, c'est l'éon nommé protérozoïque, l'oxygène se stabilise, c'est l'époque des quatre grandes glaciations, oui encore quatre, et c'est le début

des premiers organismes à corps mou, et non plus juste des cellules.
Et pour finir aujourd'hui, la terre et l'humanité qu'elle porte vivent à
l'époque de leur quatrième éon, le phanérozoïque, qui a commencé
avec l'apparition des précieux petits animaux à coquilles et a
poursuivi avec le développement massif de la vie animale. Dans le
Bouddhisme, il y a quatre voies de développement spirituelles. Il y
aussi quatre évangiles. Quatre cavaliers dans l'apocalypse. John
Locke, c'était un philosophe anglais précurseur du siècle des
lumières, disait qu'il y avait quatre niveaux dans la connaissance
humaine. La logique et les mathématiques d'où naissent la certitude,
la physique dont découle la probabilité et enfin la métaphysique qui
engendre la foi. Et pour Jung, le quatre ou plutôt la quaternité est le
schéma d'ordre par excellence. Elle représente un système de repères
qui nous permet de naviguer dans cet univers physique qui nous
dépasse. Mais pas seulement. Elle nous permet également de
naviguer dans notre esprit. Pour nous orienter physiquement, nous
utilisons 4 points cardinaux et pour nous orienter mentalement, nous
utilisons également 4 fonctions psychologiques. Comme dirais si
simplement Jung : « La sensation (c'est-à-dire, le sentiment de
perception) vous dit que quelque chose existe ; la réflexion vous dit

ce que c'est ; le sentiment vous dit si c'est agréable ou pas ; et l'intuition vous dit d'où il vient et où il va. » L'univers et la conscience ont tous deux besoins de 4 repères.

L'eau, la terre, l'air et le feu. Le nord, le sud, l'est et l'Ouest. La perception, la pensée, le sentiment et l'intuition. Ce sont les éléments contraires qui se repoussent et s'équilibrent. Et nous, nous naviguons en permanence entre ces contraires, à la recherche d'un équilibre éternellement insaisissable. Mais cette fois Moshé ils ne se repoussent pas. Ils convergent ! Avec l'instauration du Dogme de Marie, on a non pas une répulsion mais une conjonction masculin-féminin. Avec l'instauration du Dogme de Marie, on a non pas une répulsion mais une conjonction corps-esprit.

Ce qui induit une quaternité d'éléments contraires qui cette fois ne se repoussent pas pour s'équilibrer mais qui convergent pour donner naissance à l'absolu. Mais cet absolu vers lequel on tend, sera-t 'il sombre ou lumineux ? Car le petit cube de Wewelsburg ne laissait présager rien de bon. Un cube qui nous a tous rendus malades, nausées, emplis de putréfaction quand on s'en est approché. Eux aussi ont vraisemblablement frôlé l'absolu, mais un absolu qui ne me laisse rien présager de bon. Un absolu de mauvaiseté, de méchanceté, de cruauté, de malice.

— Tao n'aime pas le chiffre 4. En Asie, le 4 est souvent banni car il symbolise le chaos, la mort. La fin. C'est un absolu en soi. Je commence aussi à ressentir ton intuition terrifiante. Mr Allaoui n'a pas de cube. Et le cube de Wewelsburg ce n'est pas le sien. Il l'a confié à Abdel et alexandra. Mr Allaoui c'est un autre absolu ?

— Comment Mr Allaoui a-t-il tout su de nous ? De nos vies, de nos secrets les plus enfouis ? Par des rêves. A quoi s'est-il donc connecté pour avoir accès à tout ? A cette infime partie archaïque qui traine au plus profond de nous et nous relie tous ? Et pourquoi la seule personne qu'il ait prise avec lui est une femme, Shakti ?

— Mon Dieu ! Qu'est-ce qu'il va faire ? Et où est-ce qu'il l'emmène ?

Loin dans le ciel, un autre avion faisait voler une autre femme.

Partie de Tel Aviv, Shakti avait rejoint Istanbul pour prendre un autre avion en direction de l'ancien empire perse. Alexandra et Abdel, assis derrière elle, s'étaient endormis. Shakti commençait à s'assoupir et ses pensées vagabondaient en des chemins étranges. Le long de cette étroite frontière entre l'éveil et le sommeil, entre la conscience et l'inconscient, son esprit s'égarait, se promenait.

Elle repensa à cette aube du 8 aout, au Portugal, lors d'un énorme festival de trance-goa dans les bois. Quand elle dansait sous la clarté naissante, entre les arbres, avec 4.000 de ses semblables, de tous pays, de toutes couleurs, de toutes croyances. Une communion fraternelle et innocente qui se passe de mots, inspirée par les émotions que leur procurait cette musique enivrante, propice aux états de conscience modifiés, à la trance qui vous transporte en des contrées inexplorées au fin fond de votre cœur et de votre esprit. La veille au soir, vers 22h, elle avait décidé de festoyer avec une infusion d'Ipomea Violacea, une plante grimpante semblable au liseron et bourrée de LSD naturel que les shamans prennent pour rentrer en contact avec les Dieux. Malheureusement son estomac ne l'avait pas supporté et à minuit, Shakti commençait à vomir tripes et boyaux. Malade et épuisée elle avait alors décider d'aller se coucher dans sa petite tente igloo jaune fluo, déçue et malheureuse de ne pouvoir prendre part aux festivités. Mais après quelques heures de sommeil, vers 6H, elle s'était réveillée et se sentant un peu mieux, avait décidée de quand même retourner sur le dancefloor car il devait bien rester quelques survivants. En chemin, elle avait désespérément cherché du café ou du thé pour se réveiller mais les différentes échoppes étaient toutes vides. Tant pis ! Elle en trouvera peut-être là où l'on danse encore. Mais elle ne trouva pas de café, juste un ami à qui elle demanda où elle pourrait en avoir. Son ami, quelque peu éméché, lui avait alors répondu qu'il n'avait pas de café mais un petit buvard de LSD. *Bah au moins ça réveille !* avait alors songé Shakti en l'avalant. Bien évidemment, deux heures plus tard l'effet était à son paroxysme, certainement avec les relents de la plante de la veille. Elle regardait paisiblement les gens danser tout autour d'elle, ceux qui aiment danser à la clarté du jour, célébrant ceux qui ont survécu à cette nuit de guerre. Et son attention se porta sur sa gauche, sur un couple qui dansait élégamment sous un arbre. Et ce qu'elle ressenti à ce moment allait inexorablement modifier toute sa conscience, ses choix et son chemin de vie.

Le couple n'était pas malheureux c'est sûr, mais il n'était pas heureux non plus. Quel bien étrange sentiment ! L'homme et la femme, tel un Adam et une Eve dans un jardin, étaient juste comme ils devaient être, et Shakti ressenti alors violement un inexplicable et terrible sentiment de neutralité et d'harmonie qui l'emmena sur le chemin du néant.

Car au fur et à mesure que son regard se porta vers sa droite cette fois, une autre image se superposa à sa vision de la réalité. Comme deux plans fondus que l'on peut encore voire en même temps. La forêt et les gens qui dansent et en même temps, le noir absolu et total.

Tout était devenu noir. Il n'y avait plus rien. Le vide et le silence du néant. C'est alors que tout se créa sous ses yeux. Les amas de poussière qui s'aggloméraient pour former des planètes. Le fracas et les explosions. Les trous noirs et les supernovas. Une beauté. Une poésie. Son ami revient en lui disant qu'il avait enfin trouvé du café. Shakti lui répondit le plus naturellement du monde

— Attends, je regarde cette planète se créer et j'arrive.

Shakti regarda la planète se former, souris et alla prendre ce café. Quel sentiment magnifique et terrifiant que de voir le néant engendrer la vie, l'univers se créer sous vos yeux, dans toute Sa violence et Son amour.

Plus tard, la même année, Shakti revécu la même expérience, dans des proportions moindres.

C'était une petite maison de campagne des plus traditionnelles, dans les vignobles de Californie. Une petite clôture blanche en bois à l'entrée. Un petit jardin avec un magnifique tilleul qui trônait sur la droite. Une petite cuisine rustique où elle avait découvert ou plutôt redécouvert ce qu'était le gout, avec des choses simples, un légume cueillit soi-même, une petite paupiette de veau au vin blanc. Elle prenait même plaisir à mettre la table rien que pour elle. Une assiette, une fourchette et un couteau, avec une belle serviette à carreaux blancs et verts et un verre digne de recevoir un délicieux breuvage à base de raisin. Cette maison était son refuge, son abri des regards où elle pouvait se sentir en paix avec elle-même, apprendre à s'aimer. Après sa vision au Portugal, Shakti n'était plus la même. Elle qui avait tant recherché la foule, les amis, les fêtes en permanence, avait désormais trouvé en cet endroit son jardin d'Eden. Elle s'y était découverte, seule en elle. Toutes les pièces étaient petites mais elles lui suffisaient amplement. Elle avait appris à s'aimer, enfin. Elle aimait respirer la terre là-bas, juste se promener, vivre et respirer. Elle pouvait partir pour longtemps en promenade, deux, cinq, voire dix kilomètres. Les yeux au ciel, elle admirait son bleu, sans blanc, sans nuage avec le soleil pour compagnon. Elle décrivait tout le paysage dans sa tête de droite à gauche en tournant, comme un caméléon. Elle notait la place de chaque colline, chaque carré de verdure, chaque vigne, chaque arbre. Ainsi elle pourrait ne jamais oublier tous ces paysages qui avaient éveillé en elle sa part la plus intime, la plus cachée. Parfois, elle s'asseyait, se reposait et prenait le temps de fumer une cigarette. Elle ne parlait à personne, normal, elle ne croisait personne, et de toutes façons, à quoi ça aurait servi, l'univers sous ses yeux lui suffisait. La création était suffisante à elle-même. Souvent, après avoir jeté un coup d'œil à droite et à gauche pour voir qu'il n'y avait pas éventuellement un autre promeneur ou un agriculteur, elle prenait un arbre dans ses bras et le remerciait.

Merci de me fournir l'air pour respirer, merci de me donner vos fruits. Personne ne vous le dit alors moi je le fais.

Et parfois, ce câlin forestier se terminait même par un petit bisou. Elle aimait sentir la rugosité ce leur écorce sous ses lèvres. Elle les avait nommés également, tous ces arbres sur ses sentiers de randonnées réguliers.

Et une fois, au cours d'une promenade digestive et crépusculaire, sans crier gare, une petite création cosmique l'avait de nouveau salué. Pourtant cette fois, elle n'avait pris aucunes substances, ce qui l'inquiétât vivement.

Après deux évènements de ce genre, elle avait échafaudé sa théorie des endroits neutres. Il doit exister sur terre des endroits où il n'y a ni bien, ni mal, rien en fait. Et dans ces endroits, si on leur laisse le temps de se révéler, on peut sentir sortir de ce néant un souffle de création. Rien ne reste neutre bien longtemps dans l'univers. Conscient, inconscient, Ying, yang, noir, blanc, bien, mal, proton, neutron. Tout réside sur l'équilibre.

Mais Shakti se demandait aussi souvent ce que cela pourrait donner, si au lieur de d'être en équilibre, l'univers convergeait.

Shakti pensa alors à cet endroit dont certains disaient qu'il est le cœur de la création. Un pôle axial du créée, une sorte de point fixe et éternel quelles que soient les révolutions du monde. Dans certains récits, il se dit qu'au tout début de la création de ce monde, cet endroit fut la première chose à avoir émergé de l'eau, qui recouvrait alors la terre entière, sous la forme d'une écume blanche qui se solidifia peu à peu. Par la suite, les autres terres émergèrent à partir de cette petite portion.

— Mesdemoiselles, Mesdames, Messieurs, c'est votre commandant de bord qui vous parle. Nous allons commencer notre phase atterrissage. Veuillez attacher vos ceintures et relevez vos tablettes s'il vous plait. Merci.

Cette allocution du commandant la fit sortir de sa torpeur. Elle se redressa et regarda Mr Allaoui assis à côté d'elle et lui souris tristement, presque plaintivement.

— Pourquoi tu ne m'y emmène pas ? J'ai vécu une création et on dit de cet endroit qu'il est le cœur de la création ! Pourquoi tu ne m'emmène pas voir la mère de tous les cubes ?

— Tu le sais bien, lui répondit-il avec un sourire aussi triste et gêné que le sien.

Shakti se souvint de ce que Mr Allaoui lui avait dit à Jérusalem, quand elle lui avait avoué détenir un cube qui venait d'un triste château en Bavière. Qu'il fallait l'emmener ailleurs. Dans le seul endroit sur terre où l'on pouvait le détruire. Qu'il fallait une grande force pour ce faire. Une force capable de diviser jusqu'au noyau d'un atome et avec laquelle on fabrique des bombes. Une force que peu possède et dont un seul peuple s'était servi une seule fois dans l'histoire de l'humanité sur un autre peuple, faisant plus de 200.000 victimes entre le 6 et le 9 aout 1945. Cette force reviendra. Plus tard. Bientôt. Il faudra juste être bien synchronisés.

Shakti détourna le regard, regarda l'avion amorcer sa descente, percer les nuages, abandonner le soleil et soupira.

J'aurais tant voulu voir la Kaaba.